河出文庫

羆撃ちのサムライ

井原忠政

河出書房新社

羆《くま》撃ちのサムライ

CONTENTS

序章

敗残兵

密生するクマイザサをかき分け、かき分け、四つん這いで進んだ。

心身ともに限界は超えていた。熱の影響か極度に視野が狭くなり、顔の前、ほんの数尺分の笹しか見えない。スナイドル銃は度々藪《やぶ》に引っかかり煩《わずら》わしかったが、奥平八郎太《おくだいらはちろうた》は決して摑んだ負い革《スリング》を放そうとはしなかった。

二抱えもある苔《こけ》むしたヤチダモの根方に潜りこんだ。太い幹にもたれると、まるで大木が、追撃者から護《まも》ってくれるような気がして少し和んだ。

「くそッ」

思わずうめいて、身をよじった。右肩の銃創は弾が抜けておらず、周囲の皮膚が赤黒く変色している。高熱に浮かされ、時折意識が混濁した。

思えば、鳥羽伏見以来「痛快に、気分よく死ねる機会」は今まで幾度となくあったのだ。そもそも五稜郭の救護所で、師がモルヒネをあおった夜に殉死すべきであったろう。

師――〝練武館伊庭《いば》道場の小天狗〟と恐れられた剣豪・伊庭八郎《はちろう》のことだ。

「なに、八郎太？　俺も『八郎、八郎』呼ばれちゃいるが、通り名の本当のとこは、八《はち》郎治《ろうじ》ってんだァ。今じゃ〝治〟の一文字が消えて、伊庭八郎が手前《てめ》ェの名みてェな気分になってる。お前《め》ェはどうだ、やっぱし八郎か？」

「や、手前はどこまでも八郎太です。父や祖父がつけてくれた名前ですから。今後とも奥平八郎太のままで暮らしたく思います」

「うん、それはそれでいい心がけだ。気に入った。明日から稽古に来い」

——御徒町《おかちまち》の東端にあった道場で、初めて師と対面した折の会話である。

八郎繋がりで、八郎太は師から大層目をかけてもらった。幕府遊撃隊結成当初から付き従い、鳥羽伏見、箱根山崎を経て五稜郭まで、この二年間、常に師の側で戦ったのだ。

なぜあのとき、自死した師の遺体の傍らで、腹を切らなかったのだろう。


ふと覚醒した。

陽はすでに傾き、森の中は大分暗くなっている。見上げれば、茜色の空を背景に放射状に広がるヤチダモの黒い梢が目に入った。

気分よく死ねる機会というならば他にもあった。例えば〝水戸出身の公方様《くぼう》〟が勝手に大政を奉還したとき、或は〝榎本《えのもと》の腰抜け〟が新政府軍に降伏を決めた直後に、抗議の切腹をしてもよかったのだ。

（つまり、俺は「死にどきを間違えた」ってことだよなあ）

兄の奥平喜一郎に、瀕死の弟と、膝を撃ち抜かれて動けない本多佐吉を置いて、一人で逃げるよう勧めたのは、他ならぬ八郎太自身であった。こんな蝦夷地の山奥で「兄弟そろって犬死にしても始まらないでしょ」とかき口説いたのだ。

「そうもいかん。ここまで三人で逃げてきたんじゃないか」

と、躊躇《ためら》う兄を八郎太は必死で説得した。

「新政府軍は、俺と佐吉の血痕を追ってくる。だから、この場所で待ち伏せしてやります。薩摩芋の奴等がノコノコ坂を上ってきたら俺が狙撃する。ここは見通しがいいから、半日は足止めしてやれますよ。その隙に、兄上は北へ走って同志と合流してください」

佐吉も傍らで、盛んに頷いている。北に、合流すべき同志が本当にいるのか疑問だったが、どうせ逃げるなら薩摩の手が伸びる前——少しでも早い方がいい。

「八郎、佐吉……俺も後からすぐにいくからな。三途の川は三人で一緒に渡ろう」

兄は新式のスナイドル元込銃を弟に渡し、代わりに八郎太の旧式先込銃を摑んだ。そして弱りきった弟と若い戦友の体を、それぞれ強く抱き締めると、小腰を屈め、朝もやの中へと機敏に姿を消したのである。

(兄上は最後の最後まで〝八郎〟だったな。ね、兄上、俺は〝八郎太〟ですよ)

と、心中で呟き、彼は眠りの淵へと落ちた。


「お前ェは、どこまでも頑固だなァ」

「そ、そうでしょうか?」

生前の伊庭八郎から、八郎太は「融通の利《き》かなさ」を度々戒められた。

「いいか。立ち合う相手は毎回違うんだぜ。侍が百人いりゃ、百通りの癖や流儀があらァな。そこは臨機応変に、こちらも太刀筋を変えて闘うべきじゃねェのかい?」

「先生は、剣術に型は不要と仰せですか?」

「腕を磨くのに型は有効さ。剣の修行に型は外せねェよ。でも、実戦となりゃ『その先の世界』だ。お前ェの理屈は、楷書以外は文字じゃねェと言ってるに等しい。書は楷書から入るが、いずれは行書、草書へと自在度を増していく。剣術も同じさ」

なにか物音がした——ような気がして目を見開いた。見回すが、周囲に異変は感じられない。頭がボーッとする。なにも考えられない。意識はまた遠のいた。

闇の中に、三年前に他界した姉の千歳《ちとせ》が現れた。怖い顔で、じっと八郎太を睨んでいる。

「姉上、会いたかった……俺、もうすぐお側に参りますから」

「そんなことより、その場を動いてはなりません。最後まで生きるために戦いなさい」

叱るような声でそれだけ言って、姉は姿を消した。


笹を踏み分けるかすかな音がする。今度は気のせいじゃない。何者かが藪の中を、こちらへ近付いてくる。反射的にスナイドル銃を摑み、構えた。

三間（約五・五メートル）ほど先の笹藪を踏みしだき、怪物が姿を現した。牛とまでは言わないが、馬の四肢を短く切りつめたほどの巨体――漆黒の大ヒグマだ。

去年の十月、蝦夷地に足を踏みいれて以来、この地に棲息する巨大なクマの噂は幾度も聞かされ知っていた。勿論、実物を見るのは今回が初めて。鼻先から短い尻尾の付け根まで一間と二尺（約二・四メートル）近くある。まさに巨熊だ。

クマは頭を下げ、喉の奥で低く唸りながら、八郎太との間合いをジリジリと詰めてきた。ふと顔を上げたクマ、その口元から顎にかけて赤く見えるのは――佐吉の血だ。今まで、コイツは戦友の体を貪り食っていたに相違ない。

安政元年の生まれというから今年数えで十六歳。小柄で色白、口の周りには御丁寧に産毛まで生えている。まだほんの子供だったのだ。

「死ぬのは怖くないけど、女を知らずに逝くことだけが心残りです」

と、かつて佐吉は、木古内《きこない》の塹壕で八郎太に寂しく笑ってみせた。

その無垢《むく》な体を食い尽くしてもまだ足りず、今度は八郎太を餌にしようと狙っているのだ。

「この、畜生がッ」

スナイドル銃の撃鉄を起こし、怪物に銃を向けた。ヒグマが一声吼《ほ》えて躍りかかる。銃口から、黒色火薬特有の長い火柱が噴き出すのと、ヒグマの太い右手が八郎太の頭を叩くのとが同時だった。


八郎太は深い闇の中にいた。世界が揺れている。移動しているのだ。

すでに件《くだん》のヒグマの獲物となり、山奥にでも運ばれているのだろうか――否、彼を背負っているのは確かに人間だ。厚ぼったく、着古された綿布の肌触《ざわ》り、古い汗の臭いがわずかに鼻を突いた。後方から、不満気な若い女の声が追いかけてきた。

「箱館の落武者ではねのすか？　関わり合いになんねえ方がええと思うども」

「しェば、どうする？　放っとくだが？」

と、汗の臭いが応え、少し咳きこんだ。

「このワカゼだば見所がある。そこそこ運もええ。使い道はなんぼでもあんのしゃ」

どうやら八郎太には見所があり、運がよくて、使い道があるらしい。

確かに、まだ生きているところをみれば、ヒグマに殺されることはなかった様子だ。この田舎訛《なま》りの男女がヒグマを倒し、助けてくれたのだろうか？　佐吉の遺体はどうなった？　喜一郎兄貴は今頃――漠然とした安堵感の中で、八郎太の意識はまた遠のいた。

右肩に激痛が走り覚醒した。

壮年の男が鋭利な短刀を逆手に持ち、八郎太に覆いかぶさっている。頬がこけ、髪は蓬髪《ほうはつ》、大きなギョロ目が迫ってくる――鬼相だ。思わず左手で鬼男の右手首を摑んだ。傍らから若い女が介入、体重をかけて八郎太の左腕を押さえこむ。

「ええがァ！　今がら腐った肩の肉ばえぐり取る。毒が全身に巡ると命がね。お主も侍ならば、覚悟さ決めろ……ええい、この手ば離しェ」

鬼男は、八郎太の左手を振りほどくと、一寸幅（約三センチ）に折り畳んだ木綿布を口にくわえさせた。

（ここはどこだ？　こいつは誰だ？）

黒々と煤《すす》けた天井の梁がかすかにうかがえる。農家か、杣《そま》小屋か――よく見えない。霞がかかったように、全体が薄ぼんやりとしている。自在鉤《かぎ》に鉄鍋が掛けてあり、盛んに湯気を上げている。どうやら囲炉裏端《ばた》に寝かされているようだ。物がはっきりと見えないのは、この湯気のせいかも知れない。

男は身を屈め、改めて短刀を握り直した。口をすぼめて、小さく息を吐いた。

八郎太と目があう。

「いぐど……」

低い声で呟くと、八郎太の右肩をグサリと深くえぐった。

「グッ」

痛み云々よりも、刃物が肉体に無理矢理侵入する圧を強く感じた。切先が鎖骨に触れ、くぐもってガチリ、ガチリと幾度も鳴る。衝撃が肉や骨を伝わりつつ内側から耳まで届く。鈍く不快な音だ。実は八郎太、鳥羽伏見の初日に一度、木古内の塹壕戦で二度――今までに都合三回、人を斬っている。厳密に言えば「斬り殺して」いる。

木古内では、新政府兵の右前腕を両断した。夜間の白兵戦。双方弾を撃ち尽くし、小銃を捨て抜刀、真正面から斬り結んだ。

「ちェいすと――――ッ」

絶叫しつつ斬りかかってきた刀を受け流し、体をさばいて横に跳んだ。敵がたたらを踏む。目の前に伸びた右前腕を上から一気に斬り下げた。その時の手応えは今も忘れ難い。

ブツッッ。

出征時、父から贈られた〝備前もの〟の重みと切れ味でコロリと相手の腕は落ちた。

右前腕から血が噴き出すのを呆然と見つめる薩摩武士。彼も、今の八郎太と同じように、体の中を伝わる〝鈍く不快な音〟を聞いたのだろうか。

「こらッ」

「?」

しわがれた声が、八郎太を現実に引き戻した。

「こら、はなしェ。喜代《きよ》、左手ば押さえてろ」

無意識のうちに、また短刀を握る鬼男の手を摑んでいた。女の名は喜代というらしい。

「へい」

女がのしかかってきて、全身で八郎太の左腕を制圧した。豊満な肉の輪郭が上膊部《じょうはく》に押し付けられた。二人は親子だろうか？　夫婦や兄妹にしては齢が離れ過ぎているように感じる。

「こ、これは酷ェのう。かなり膿んでおるぞ」

鬼男は切開した傷口に指を突っこみ、盛んにかき回し始めた。体の中に留まった弾頭と衣服片をほじり出そうと奮闘しているのだろう。ただ、感覚が麻痺している分、左程の痛みを感じないで済むのが有難かった。

「銃創もな、弾が体を貫通しておれば治る見込みがなくもないのしゃ」

と、鬼男は施術を続けながら説明した。八郎太の傷は、鉛の弾頭が体を貫通せず、衣服片を巻きこんで体内に留まっている盲貫銃創である。そこからじわじわと腐敗が進むから、通常は日ならずして死に至るのだという。

「よす、こりだ！」

右肩から腐臭を放つ血膿《ちうみ》がドロドロと湧出、八郎太の浮き出た肋骨に沿って流れ落ちた。

「め、めじょけねごと……」

理解できない言葉を呟きつつ、女が手をのばして血膿を拭ってくれた。

鬼男が再び覆いかぶさってくる。

（もう、どうにでもしてくれ）

投げ遣りな気分になった瞬間、傷を切開した時を超える激痛が、肩から背へと突き抜けた。傷口に塩でも擂りこんだ感触だ。

「うァ────ッ」

患部に向かい、鬼男が口に含んだ液体を強く吹きかけたのだ。

「焼酎だァ。毒消しださけえ。あいやァ、侍がギャーギャー喚くな！」

血に酔ったのか、興奮した鬼男が、瀕死の患者を怒鳴りつけた。女は、泣きながら血と膿に汚れた床を拭いている。その横顔が、大層整っていることに八郎太は気付いた。

十八歳で禄高二千石の旗本家に嫁ぎ、その後産褥《さんじょく》を患い、二十で死んだ姉に、どこか輪郭が似ていた。

「ま、やれることはすべてやった。後は、お主の運と気力次第だのう」

と、鬼が薄ら笑った。察するに、どうやら治療（？）は成功したらしい。

（俺は、本当に死なずに済むのだろうか）

もし、この先も生き続けるとするならば、それはそれで考えねばならぬことが山とある。

第一章　ユーラップ川の畔

一

膿を出しきったことで、翌朝までに、浮かされるような高熱はひいた。ただ、微熱は残り、酷い脱力感が続き、数日は体を起こせなかった。物も食えず、手足に力が入らない。体中がボロ雑巾のように疲弊しているのがよく分かった。喜代という名の女が飲ませてくれる〝湯冷し〟でわずかに唇を湿らせた。傷口からは、止処《とめど》もなく血膿と滲出液《しんしゅつえき》がだらだらと流れでて、彼女が日に三度交換してくれる晒布《さらし》を赤褐色と薄黄の斑模様《まだらもよう》に染めあげた。

時折、鬼男がやってきて、その斑模様に鼻を近づけ、クンクンと獣のように嗅いだ。

「うん、順調だァ。なにしろ、よぐ寝るこど。寝るのが一番の薬しゃ」

「………」

命の恩人からそういわれ、八郎太は素直に目をつむった。

夢現《ゆめうつつ》の中で、幾度も黒い巨熊が覆いかぶさってきた。去年の秋、榎本や土方《ひじかた》と共に上陸した鷲ノ木《わしのき》海岸の寒々とした風景。終生寡黙だった祖父の面影。師の安らかな死に顔。そして美しい姉の横顔――様々な情景が、網膜に浮かんでは消えた。

「うわッ」

突然に叫び、左腕がそのままついていることを己が右手で触り、確認した。

（い、伊庭先生？）

小田原藩の醜い裏切りに遭った箱根三枚橋の戦い。乱戦の中、左手首を両断された師・伊庭八郎は、「切り口が汚《きたね》ェ」と癇癪《かんしゃく》を起こし、肘から下、左前腕のすべてを自ら切り落としてしまったのだ。その場に居合わせた幕府遊撃隊の猛者《もさ》たちがみな押し黙り、やがてすすり泣く声までが聞こえ始めた。八郎太は疲労困憊《こんぱい》していて涙も出ず、ただ茫然と、床に転がった四寸（約十二センチ）ばかりの赤黒い肉塊を見つめていたものだ。


傷を切開して七日が過ぎる頃から、やっと人心地がついた。

「もうええ頃だの。喜代、熊脂さ使え」

血膿の量と臭いを気にしていた鬼男が、白い軟膏を使うよう女を促した。この無味無臭の軟膏——塗ると傷にしみて実に痛いのだが、しばらくすると苦痛は和らいで、むしろ心地よくさえ感じる。

「これは、ヒグマの腸《はらわた》の脂しゃ。傷によぐ効ぐ」

この不思議な軟膏を塗り始めて以降、八郎太の容態は快方に向かい、十日目には身を起こすことができるようになった。

ただその分、それまでは感じなかった酷い頭痛に悩まされるようにもなった。相変わらず視界は悪く、部屋の中がぼんやりと霞んで見える。両眼の奥に、鈍痛を感じることもあった。

(そうか。俺はクマに頭を叩かれたんだ。佐吉を食ったヒグマが……あ、佐吉は？)

「あ、あの……」

しばらくぶりで言葉を発した。思わず不安定な、かなり上ずった声が出た。今までも、うなされたり、うわ言を叫んだりはしたかも知れないが、自分の意思で口を開いたのは久しぶりのことだ。喉の方で声の調節に戸惑ったのだろう。

「へい？」

姉に面影の似た女が、布を畳む手を止めて応えた。

「佐吉は？」

「さ、佐吉？」

「ああ、食われておったワカゼかァ。めじょけねェこどだ。アレは、埋めたァ」

囲炉裏の向う側に座り、なにやら手仕事を続けていた鬼男が応えた。

「う、埋めた？　どこに？」

「どこて……」

佐吉の遺体は、そのまま現場に埋葬したという。暗く湿った森の中に、墓標もなく、蠅のたかるヒグマの死体の傍らに埋められたと聞き、八郎太は鬼男を無言で睨んだ。

「しェば、どうする？　小屋の脇に新しい墓か？　目立つど。新政府軍の落武者狩りを呼び寄せるようなもんしゃ」

今更、命など惜しくはない。落武者狩りなど怖くもない。薩摩に捕まりそうになったら腹を切る。もし体が動かないなら、舌を嚙み切って死ぬつもりだ。ただ、現実に命を救ってくれたこの男女の前で、その決心を、そのまま口にすることは、やはりはばかられた。

（まあいい。早く体を治して、せめて佐吉の墓だけは俺の手でちゃんとしよう）

そう考えることにして、八郎太は再び目を閉じた。

鏑木十蔵《かぶらぎじゅうぞう》の小屋は、丘の中腹に南面して建っていた。

灌木の生い茂った緩やかな斜面が一服し、百坪ほどの平地になっている。小屋の周囲は、よく耕され、芋や根菜などが植えられていた。

十坪ほどの所謂《いわゆる》〝掘っ立て小屋〟である。基礎はなく、ミズナラの丸太を地面に直接立て構造としていた。屋根は萱葺《かやぶ》き。外壁には白樺の樹皮であるガンピを張ってある。ガンピは脂分を多く含み、点火材に使うほど燃えやすいのだが、同時に脂分は水気を弾くので、雨や雪に滅法強い。

眼下には、ユーラップ川が西から東へ悠然と流れている。太櫓《ふとろ》岳《だけ》に端を発し、内浦湾へと流れこむ、全長七里（約二十八キロ）の清流だ。

支流ペンケルペシュペ川との分岐点《であい》が近く、夏の渇水期にも水音が絶えることはない。ユーラップはアイヌ言葉で「温水の流れる川」の意をもち、事実、支流の鉛川《なまりかわ》上流からは温泉が湧く。蝦夷地の南方に位置するこの界隈は比較的温暖で、流域の佇まいは、むしろ東北地方のそれに酷似していた。川縁にはカワヤナギ、ミズナラ、ヤマハンノキが繁り、斜面はブナ林で覆われていた。さらには、南西方向に「ユーラップ山塊の絶景が望まれる」とのことだが、視力を落とした八郎太には、その絶景を愛でるすべはなかった。

そう、八郎太は目を悪くしたのだ。

十蔵によれば、ヒグマに頭を強打されたことが原因であるそうだ。屋内での生活にこそ支障はないものの、五間（約九メートル）離れると人の顔の見分けが怪しくなる。十間（約十八メートル）離れると男女の判別すらおぼつかない。それでも八郎太は随分と幸運であったらしい。そもそも、ヒグマの大物に頭を叩かれて首の骨が折れなかったのだから。

あの時、八郎太はヤチダモの大木にもたれ、横たわっていた。ヒグマは八郎太の頭とヤチダモの幹を一緒に叩いたのだ。打撃力の過半がヤチダモ側に逃げた結果「致命傷とならずに済んだのしゃ」と、十蔵が解説してくれた。もし姉が夢に現れて「その場を動くな」と囁いてくれなかったら――「姉上、有難う」と心の中で手を合わせた。

一方、八郎太の放った銃弾はヒグマの喉正面から入り、そのまま頸椎《けいつい》を粉砕して首筋から抜けていた。

――即死であったろう。

体重九十貫（約三百三十八キロ）の巨熊は、八郎太に覆いかぶさる格好で事切れていたらしい。

「心の臓さ撃ち抜いても、すぐには倒れね。マタギさ八つ裂きにした末に、やっと逝ぐ。ヒグマとはそげなもんしゃ。根性が違う。お主は運がよがった。細い首の骨なんぞ、素人が狙って撃てるもンではねがらのォ」

確かに、どこかを狙って撃ったわけではなかった。覆いかぶさってくる黒い壁に向かい、銃口を向け、引金を引いただけだ。

（なるほど。それでこの男は俺のことを「運もええ」と言っていたのか）

八郎太はかつて十蔵の背中で聞いた言葉を思い起こした。ただ、その後に続けて「使い道はなんぼでもある」とも言っていたように思う。

（お、俺の「使い道」ってなんだ？）

少し気味が悪かった。

十蔵は、還暦少し前の猟師である。いつも空咳をしている。労咳《ろうがい》を病んでいるらしい。

孫ほどにも齢の離れた女房の喜代と二人、人里離れた山中に隠れ棲んでいた。

元は武士である。庄内藩酒井家で代々鉄砲方の組頭を務めていた。二十歳の頃、酔って同僚と口論の挙句に相手を斬殺。その夜の内に、使い慣れた火縄銃二丁を掴み、鶴ヶ岡城下を逐電した。折しも酒田湊《みなと》に寄港中の北前船に潜りこみ、蝦夷地江差《えさし》にまで流れて来たのだ。以来四十年、鉄砲の腕前を生かし、この地でシカ、ヒグマ、オオカミなどを撃ち生計を立ててきた。多少変人ではあるが、偏屈とまではいえない。視野が広く、物知りである。特筆すべきは徹底した現実主義者であること——若気の至りで刃傷沙汰《にんじょうざた》など起こさねば、藩内で重用《ちょうよう》され、まったく違う人生を歩むべき男だったのだろう。

「あのヒグマだば、お主の獲物だども、ほっとけば腐るで、ワシがほぐすて、ここへ運んどいたがら」

「ほ、ほぐす？」

「ほれ、皮さ剝いで、肉ば切り分けて……ほれ、分かるべしゃ」

（に、肉を切り分けて、それをどうするのだろうか？）

一応は「食うのだろう」との予感はあったが、食物に関し、嗜好が保守的な八郎太は「クマの肉を人間が食う」という現実に、若干の嫌悪感を覚えた。

「ハハハ、熊肉、ンめど」

八郎太の当惑を見透かしたように、十蔵が笑った。

（や、ちょっと待て。あのクマは佐吉の体を食っているんだぞ！）

佐吉の骨や肉を、たとえわずかな時間だとしても、体内に取りこんだクマだ。そのクマの肉を食うということは間接的に「佐吉の肉を食うこと」になりはしないか。背筋が凍り、手足に鳥肌が立った。

（こいつら、なにも感じないのか？　人を食ったクマの肉を食うことに抵抗はないのか？）

百歩譲って、凶状持ちで、脱藩者で、労咳持ちの薄汚い老人である十蔵ならば兎も角、姉に似て清らかで——少なくとも外見上はそう見える——美しい喜代までが、嬉々として「共食い」に加担する人種とは驚愕で、信じ難い。信じたくない。

「熊肉だば、滋養にもなるしの」

十蔵の声に、思索から現実に引き戻された。

（ま、まさかッ！）

亡姉から聞かされた奥州安達原《あだちがはら》の鬼女伝説に思いあたり、八郎太は慄然となった。

（お、俺の「使い道」とは、まさか「太らせた後に、殺して食う」ということではあるまいな。人を食ったばかりのクマを、なんとも思わず食う野蛮人たちだ。人の肉だって……）

「お主の体にもええぞ。熊肉、どんどん食わねばな。そして太れ！」

「私は、熊肉は食べないッ！」

思わず叫んでいた。病人が急に大声を出したので、十蔵と喜代が呆然として八郎太を眺めている。小屋の中に、しばし気まずい沈黙が流れた。

「ま、無理に食えとは言わんがの。食いたくなったら食えばええしゃ」

と、鬼が不気味に笑った。

件《くだん》のヒグマは、大物過ぎて全部は運びきれなかったそうだ。

八郎太が小屋の中で朦朧《もうろう》としている間に、十蔵が現場に戻り、皮を剝ぎ、解体し、毛皮と胆嚢《たんのう》、背肉と肝臓、心臓だけを小屋に運んでいた。

ヒグマの生皮――乾燥前の毛皮――はなかなかに重いモノで、クマの体重の一割程度。九十貫（約三百三十八キロ）のヒグマだとおおむね九貫（約三十四キロ）にもなる。

生皮は、組んだ材木に張りつけて乾燥を待ち、海辺の江差か山越内《やまこしない》界隈まで売りにいく。

今頃のヒグマ皮は上物である。冬眠明け一カ月前後なら、未だ冬毛であり、刺毛《さしげ》は長く、綿毛は密だ。冬の穴居生活の間に、土壁と擦れてできた刺毛の傷みもほぼ回復しており、年間を通しての最高値がつく。大物の毛皮なら買取値で八から十両が相場か。

「春熊、二頭も獲れば、女房と二人、一年楽に暮らせる」

と、十蔵は言う。川魚を漁り、野草や山菜を採り、小屋の周りでわずかな畑を耕しての自給自足生活だ。現金収入など左程には要らない。

ただ、昨今の小判は随分と値を落としている。

幕末の動乱に、米の不作が追い打ちをかけた。小判一両の価値は、四分の一以下に下がってしまった。

「ンだども、年にヒグマ八頭は獲れねがらのう。その分、シカやイタチやタヌキなどを増やして食いつないでおるのしゃ」

「………」

「いやいや、ま、食いつなぐといっても、まさか、イタチを食うわけではねど、ハハハ」

八郎太の凝視に、慌てて十蔵が訂正を入れた。

「毛皮どご、売るのでがんす」

横合いから喜代が口を挟んだ。

「タヌキは兎も角、イタチとキツネは臭くて食えたものではねがらのう。ま、よほど困れば目をつむって食うけどな。イタチを食っても、身に障ることはねのしゃ。不味いだけでな」

江戸は駿河台育ちの自分が、蝦夷地の山中に棲み「イタチやキツネを食っている」と話したら、姉の千歳は大いに笑ってくれただろう。生来体が弱く、千二百石取りの家の令嬢ということもあり、姉が屋敷の外へ出ることはまれであった。気が合う弟の八郎太が、町場の喧嘩や、大名行列、枇杷葉湯《びわようとう》売りの物真似などをしてみせると、整った口元に白くほっそりとした手を当て、ころころとよく笑った。

繰り返すが、その姉に、喜代はどこか面影が似ていた。出身は、十蔵と同じ庄内——家は貧農であったという。十四歳の秋、働き手の父を流行り病で亡くして一家は困窮。長女であった喜代は、泣く泣く女衒《ぜげん》に身売りした。十蔵と同様に北前船を使って蝦夷地へ連れて来られ、江差の旅籠で飯盛り女として働いていたのだ。

ところが十八の冬、過労がたたって労咳を病んでしまう。この時代、結核は死病。誰も咳をする女郎を抱こうとはいわない。「無駄飯食い」「労咳持ち」と、店からも客からも盛大に嫌われた。苦界に身を沈めた同僚たちからも「労咳は伝染《うつ》るから」と嫌厭《けんえん》され、布団部屋で孤独に死ぬ日を待っていたところを、同郷の十蔵に只同然で身請けされたのだ。

「なに、庄内訛りが懐かしかっただけでの」

と、囲炉裏端で十蔵は照れて笑ったが——「太らせて食うつもりだったのでは？」と八郎太は邪推した。

勿論、十蔵が身請けした喜代を食うことはなかった。むしろ、とても大切に扱った。

本来は売り物である熊胆《くまのい》を惜しげもなく服用させ、シカやヤマドリ、ヒグマの肉を柔らかく煮て、腹一杯に食わせる。暖かい午後には、喜代を抱いて小屋の外へ連れ出し、陽光を十分に浴びさせた。そうこうする内、若い喜代の生命力は病魔に打ち勝ち、喜代は労咳から生還したのである。その後は成り行き――喜代の方から強く望んで、四十近くも歳の離れた二人は、晴れて夫婦になった。

しかし、ここで運命は、実に皮肉で想定外な展開をみせた。喜代の労咳が、十蔵に伝染ったのである。喜代ほど若くない十蔵の病気は重篤化した。彼女には効いた熊胆も十蔵には効果薄く、病状は次第に悪化していった。

「私ばがりが治ってしまい、本当に申し訳ねことでがんす」

喜代は、命を救ってくれた十蔵に「恩を仇で返してしまった」ことを、とても悔いているように見えた。

二

治療から二十日も経った頃には、床の上に座り、喜代の給仕で食事を摂れるまでに回復した。十蔵には、かつて熊胆と獣肉で「喜代を労咳から救った」という自負があり、八郎太の養生でも、食事療法に主眼を置いていた。

「魚や獣は、美味《うめ》ェとこだけ選《よ》って食っても駄目だ。身も骨も頭も臓物も全部食って、初めて滋養になるのしゃ」

そういって十蔵は筒切りにした巨大なマス――恐らくは、サクラマスかアメマスであろう――を自家製味噌と一緒に囲炉裏で半日以上も煮て食わせてくれた。

マスは骨も皮もトロトロに柔らかくなり、頭から尻尾まですべて食べられた。味もなかなかに良いから、箸が進む。自然、体力がついてくる。

さらに食事の前、〝熊胆〟を飲むのが習慣となっていた。

熊胆は、ヒグマの胆嚢をそのまま干し上げた生薬である。基本は苦味胃腸薬だが「万病に効く」との評価が根強い。

必ず喜代が黒胡麻二粒ほどの熊胆を削りとり、茶碗の水に落としてくれた。すぐにクルクルと円を描いて溶けていく。水は青黒く色づくが、濁りはしない。勧められるままに飲み干すと、とても苦かった。で、確かに苦いは苦いのだが、飲み下した後には、腹から胸、喉にかけて爽快さが突き抜け、不快感はない。だるかった体がスーッと楽になり、食欲がわいた。

「ああ、効いとるな。それは確かに効いとる。お主は必ずよぐなる」

と、十蔵が太鼓判を押した通り、若さと熊胆と食事療法の成果で、八郎太は徐々にだが、確実に回復していった。

「お主だば、無口だな?」

夕食時、十蔵が八郎太の目をのぞきこんだ。

「……………」

命の恩人への礼儀である。八郎太は、一旦箸をおき、十蔵に正対した。

「お主だば言葉を『はい』と『いいえ』と『佐吉』しか知らねだが?　こげな山奥の小屋で人間は三人きりだァ。一人がズッと押し黙っていたら、息が詰まるわ」

「……………」

「ンだども、寝言はよぐ喋っておられるし」

横から喜代が言葉を挟んだ。

「ンだ。お主の寝言でワシらとんだ事情通になってしまったど。お主の父上だば御書院番士か?　なんも、とんでもねェ名門でねが」

不覚であった。自分は寝言でなにを口走っているのだろう。

「武士にあるまじき振舞い」

と、その書院番士であった厳格な父からきつく叱られそうだ。

確かに、十蔵の小屋での八郎太は寡黙であった。話しかけられなければ終日口を開かぬことも多かった。ただ、不機嫌で「黙り込んでいる」とか、不貞腐れて「押し黙っている」というわけではない。十蔵と喜代には深く感謝していたし、信頼できる人物との確信があった。今では「いずれ殺され、食われるのでは？」との猜疑心も雲散霧消していた。

彼が無口でいるのには理由があった。ここに「長居するつもりがなかった」からである。

父の厄介として駿河台の屋敷にいた頃——趣味もなく、酒も飲めない八郎太は、千葉子などを摘まみながら、千歳姉や朋輩たちと歓談して過ごすのがなによりの楽しみだった。話題の豊富な十蔵や、実は陽気でよく笑う美しい喜代と馴染み、気安く言葉を交わすようになれば「ここを去り辛くなる」と不安に感じていたのだ。

八郎太には使命があった。

山中に埋められた佐吉の亡骸《なきがら》を掘り起こし、茶毘《だび》に付し、墓を建てる——そこまでが自分の最低限の責任だ。で、責任を果たした後は、北へ逃げた兄の後を追う。新政府相手に最後の抵抗を試みるのか、戦友たちの後を追って腹を切るのかは分からぬが、なにしろ兄や五稜郭から逃げ落ちた同志たちと合流するつもりである。

非業の死を遂げた若い戦友を埋葬する。北へ逃れた兄と合流する——その二点を目標、或は動機づけとして、奥平八郎太は、只管《ひたすら》体力の回復につとめていた。

夏になり、さらに体力がつくと、八郎太は十蔵の仕事を手伝うようになった。

病み上がりの身で、なにができるわけでもないのだが、命を救ってもらった上に、長く只飯を食わせてもらっており、さすがに心苦しく感じ始めたのだ。

相変わらず、夫婦と打ち解けることはなかったが、八郎太は黙々と働いた。言われれば嫌な顔一つせずに、どんな雑用でも手を抜くことはなかった。

仕事を手伝う——といっても、ヒグマをはじめとした毛皮獣の猟期は冬である。規則で猟期が定められているわけではないが、夏にヒグマを獲っても、儲けにならないのだ。クマの被毛は、密生する短い綿毛と、まばらに生える長い刺毛とからなる。夏は暑気対策として綿毛はすべて抜け落ち、刺毛だけの状態になる。さらにはこの刺毛も、根元が緩く、指で摘まんだだけでぽそぽそと抜け落ちてしまうのだ。当然、まともな値段はつかない。

その上、肉も美味くない。夏山は栗《くり》などの堅果《けんか》やぶどうなどの漿果《しょうか》はまだ熟しておらず、ヒグマは青草ばかりを食べている。草の香が肉につき、青臭く感じるのだ。十蔵によれば、ヒグマ肉の味がよくなるのは秋以降——ドングリを大量に食い、人のそれとよく似た糞塊を山野に残し始める頃が「最高に美味い」らしい。

さらには、熊胆も冬がいい。

越冬中のヒグマは一切食物をとらない。代謝を下げ、蓄えた脂肪を燃焼させることで生き永らえる。消化管を食物が通らないので、胆汁は消費されず、胆嚢の中にたっぷりと溜まっている。越冬中や穴から出たばかりのクマからとれる熊胆は量が多く、濃厚なのだ。当然、高い値段がつく。

最後に付け加えれば、安全面だ。越冬で、クマは体力を消耗し尽くす。対して、夏から秋にかけ、よく運動し、飽食したヒグマは体力が充実している。猟人にとってどちらが危険かは言うまでもないだろう。

——つまり、売るにせよ、食うにせよ、安全を考えても、ヒグマの猟期は冬から春にかけての「寒い時季が一番」となるわけだ。

で、ヒグマ猟に行かない初夏から秋にかけて、猟師は〝漁師〟となる。その時季、ヤマベ、イワナ、サケ、マスらの川魚たちが最盛期を迎えるからだ。ユーラップ川とその支流には、ことにヤマベの魚影が濃く、ミミズを針にチョン掛けして竿を出すと、尺モノが面白いように釣れた。また、川を遡行し、上流部の支沢に分け入ると、ヤマベは次第に数を減らし、イワナが淵や底石の陰から餌を狙うようになる。

十蔵は、ヤマベやイワナを半日で五十尾、百尾と釣り上げる名人級で、餌のミミズを大量に消費した。八郎太は早朝から十蔵の釣行《ちょうこう》に同道し〝ミミズ集め〟に終日精を出した。

「大蕗《おおぶき》の茎どご摑んでな。ほれ、こうすて引っこ抜ぐのしゃ」

北国特有の、人の背丈ほどもある巨大な蕗は、沢筋などの湿地に生育しているので、比較的容易に抜くことができた。で、引き抜いた根とその周辺には、小ぶりなヤマミミズが大量に蠢《うごめ》いている。それを泥ごと鷲摑みにし、十蔵の餌箱へと押しこむのが八郎太の仕事だ。

「どげだ？　少しはミミズにも慣れたか？」

八郎太は一応頷いてみせたが、正直今でも目をつむり、我慢をしながらミミズには恐る恐る触っている。一匹、二匹ならどうということもないのだが、百、二百と束になって蠢いているのを見ると、どうもいけない。

十蔵の道具は二間半（約四・五メートル）ほどの竹の一本竿である。

川幅がある時は、糸を長めにして釣るが、支沢に入り、樹木が密生して竿を振り辛くなると、糸を短めにして「提灯《ちょうちん》」を下げるような格好で釣った。

「渓流では、魚の居場所は大抵決まっておる。例えば、この辺り」

と、大岩の横、水が少し泡立っている場所に餌を静かに投げ入れた。ミミズはすぐに沈んだが、そのまま岩に沿って水中を流れる。岩のやや下流側、水面が鎮まっている場所まで流れて来たとき、一瞬、水中に銀色の光がきらめいた。

「ほれッ」

間髪をいれずに〝合わせる〟——竿をわずかに立て、針を魚の口に引っかけるのだ。

七寸（約二十一センチ）と少しのヤマベ――まだ若い。三、四年ものか。側面に並んだ幼魚斑が際立ち、小ぶりだが実に美しい魚体だ。

十蔵が釣ったヤマベやイワナは川縁で腸を抜き、串を打って焚火の周囲に立て、遠火でじっくりと脂が抜けるまで火を入れる。これも八郎太の役目となった。ただ、百尾近い魚を焼きしめるのだ。焚火を幾つもおこし、並行して焼かねば陽が暮れてしまう。盛夏の陽射しの下、三つも、四つもの焚火に囲まれ、延々二刻《ふたとき》（約四時間）もかけて魚を焼く――汗が滝のように流れ、喉が渇き、繰り返し川の水を飲む――時折、酷い頭痛が襲い、立ち眩《くら》みを覚えた。

「塩、嘗《な》めれ。シャンとするど」

上流の釣り場から戻ってきた十蔵が、竿を肩に担いだまま菅笠の縁を上げ、河原にうずくまる八郎太を見て笑った。

（くそッ、笑ってやがる）

そう心中で毒づきながら、出がけに喜代から渡された岩塩の粒を口に放りこんだ。

焼きしめた魚を大籠に入れて小屋に持って帰り、縄で縛って小屋の天井から吊り下げ、囲炉裏の煙で自然に燻《いぶ》して干魚にした。ヤマベの干魚は十蔵家の保存食にもなったが、味がよく、よい出汁もとれることから商品になる。束ねた干魚を喜代が担ぎ、江差や山越内などに売りに行けば、貴重な現金収入となった。

三

八郎太は、回復してからは物置に一人寝泊まりしていた。

「なんも、気にすることはねど」

と、十蔵は言ってくれたが、彼の小屋は狭い。十蔵は兎も角、若い喜代は、亭主以外の男と一つ屋根の下で暮らすのは「嫌だろう」と慮《おもんぱか》ったのである。

物置は一坪ほどの広さしかなかったが、農具や資材を片隅に追いやり、なんとか畳一枚分の空間を確保した。そこに十蔵が用意してくれた筵《むしろ》を重ねて敷き、夜はその間に潜りこみ、獣のように円くなって眠った。

ある晩、八郎太は不審な物音に目を覚ました。壁板の隙間からのぞいてみる。月明かりの下、大柄な男が一人、畑の中に座りこんでいる。十蔵が小屋の周囲で育てている瓜《うり》を盗み食っているようだ。辺りは暗い上に、八郎太の視力は頼りにならない。しかし、シャクシャクと瓜を豪快に貪《むさぼ》り食う音だけははっきりと耳に届いた。そういえば、盛んに鳴き交わしているはずの、夏の虫たちも鳴りを潜めている。十蔵夫婦は、まだ異変に気付いていないようだ。居候の身として、放っておくわけにもいかなかった。脇差だけを掴み、戸板代わりに垂らしてある筵をまくりあげ、表へ出た。

「こら盗人ッ、他人《ひと》の畑でなにをしておる！」

盗人は弾かれたように立ち上がった。彼我の距離は六間（約十・九メートル）ほど——暗くて、相手の顔などは見えないが——明らかにおかしい。身の丈が尋常でない。一丈（約三メートル）近くもある。

（お、大入道？）

瞬間、盗人が一声大きく吼えた。夜の闇が震える——ヒグマだ。八郎太、瓜畑を荒らしにきたヒグマを怒鳴りつけてしまったのだ。

八郎太とヒグマは無言で対峙していた。相手の出方を待って動かない。八郎太もヒグマも微動だにしない。しかし、彼の頭の中では、様々な選択肢が浮かんでは消えていた。

（物置にはスナイドル銃がおいてある。手入れは十分だが、弾は装塡《そうてん》していない。中に飛びこんで、実包の箱を開けて摑み出し、薬室を開いて装塡、撃鉄を……駄目だ。ヒグマの爪《つめ》の方が先に飛んでくる）

今は「動けない」のだと、「動いてはいけない」のだと自らに言い聞かせた。ヒグマも立ち上がったまま動かない。恐らく、小さな目に怒りを孕《はら》ませ、八郎太のことを睨みつけているはずだ。風の流れが変わったのか、魚の腸が腐ったような異臭が辺りに漂った。

（この臭い。佐吉を食ったヒグマと同じ臭いだ）

ほんの一瞬だったが、頭を叩かれる寸前に嗅いだ、不快な臭いの記憶がよみがえる。

ド――――ンッ。

轟音が響き、十蔵の小屋の入口付近から一条の火炎が、細く長く噴き出した。

周囲の森から、眠りを破られたカラスたちが、けたたましく鳴いて夜空へと舞い上がる。

ヒグマは機敏に身を翻し、背後の森へと飛びこんだ。密生する笹を踏み分ける音が、尾根筋へ向けて駆け上って行き、やがて聞こえなくなった。

「無事だか?」

火縄銃を手に、十蔵が駆け寄ってきた。

「はい」

「あいや、おぼけたァ(おどろいた)。でかい親父《オヤジ》であったのう」

「お主が、動かねでよかったのしゃ。動けば飛びつがれ、齧《かじ》られておったわ」

そう言いながら、夜気が胸に堪えたのか、酷く咳きこんだ。

「手応えはあった。明るくなったら、跡さ尾行《つ》けてみるべよ」

「夜のうちに、戻ってくる心配はないのですか?」

「奴等、鉄砲の怖さをよぐ知ってる。こちらに鉄砲があると知った上は、二度と来ねえ。お主も、心配せんで、ちゃっちゃと寝ろ」

来ないとは言われたが、やはり不安であった。八郎太は物置小屋に戻り、スナイドル銃に実包を装塡、いつでも撃てる準備をした後、ようやく筵の間へと潜りこんだ。

「……」


翌朝早く、十蔵と八郎太は、昨晩のヒグマを追って小屋の裏手――北側の斜面を上り始めた。人の背丈ほどのクマイザサが密生、そこに夏草の蔓《つる》が縦横に絡んでおり、通常は山刀で払わねば一歩も前に進めぬほどの悪路なのだ。しかし、昨夜ヒグマが走り抜けたところだけは笹が倒れ、踏み分け道ができていて歩きやすかった。ちなみに、クマイザサとは「熊イザサ」ではなく「九枚笹」である。

歩く左側の笹には時折、すでに錆色に変色した血痕が残されていた。十蔵の弾は確かに命中しているらしい。

「ま、深手ではねな。ドンドンと真っ直ぐ上っておる」

二町（約二百十八メートル）進んで一町（約百九メートル）上るほどの急勾配を、ヒグマのつけた道は北へ向けて殆ど直登していた。若い八郎太でもかなり辛く感じる勾配なので、高齢であり、かつ労咳を患っている十蔵には相当こたえるはずだ。

「少し休みませんか？」

「ンだな」

二人は笹藪の中に立つブナの巨木の根元に腰を下ろし、着物の前を寛げて風を入れた。

「お主だば、戦《いくさ》に出とる。一頭だがヒグマも撃っとる。素人とは思ってね。だども目が悪い。ヒグマには幾つか急所があるが、はっきり見えねがったら、ボーッと見える黒い塊の真ん中さ狙って撃で。大概、弾は急所に入るもんしゃ」

「……」

「それとな、このヒグマだば大物だ。ワシが手負いにすだから今回は仕方なく追うが、今後大熊を山で見かけても、できれば相手にならねことだ。なんぼ急所に弾さ入れても、なかなか一発では倒れてくれん。返り討ちに遭うのがオチしゃ」

「手負いにすると、どうしても殺さねばならぬのですか？」

「ンだ。ヒグマだば人を見れば逃げる。逃げてくれる。だども手負いは人を憎むがらの。向うから襲ってくる。猟師、百姓、女、子供……見境なししゃ。ヒグマどご半矢《はんや》にすたら、その猟師が責任もって止めを刺す。これだば古今東西、猟師《またぎ》の掟だァ」

「な、なるほど」

二人はまた、クマイザサの斜面を登り始めた。

若干の変化がみられた。今まで急勾配を直登していたヒグマの道が、ここへ来て蛇行するようになってきたのである。笹藪の斜面に、葛折《つづらお》りの軌跡を残していた。

「ほう。かなり効《ち》いておる。真っ直ぐ登るのが、えらくなってきたみたいだの」

十蔵は、自分も酷く喘ぎ、咳きこみながら、ヒグマの状況を分析してみせた。

ほどなくして痩せた尾根に出た。尾根を跨いで見透かすと、ヒグマの道は細い沢筋へと真っ直ぐに下っていた。尾根を越した緩斜面で藪が八畳間ほどに折り敷かれ、大きな血だまりができていた。

「尾根《つね》を越えてひと安心、ここで休んだ。でも血だば止まらね。痛みも酷い。この八畳間は、ヒグマがもがき苦しんだ跡ではねかな」

二人は沢へと続く急峻な斜面を、傍らの笹や灌木を摑んで手掛りにしながら、ゆっくりとおりていった。眼下の沢筋には、樹々が生い茂っており見通しがきかない。手負いの巨熊が潜んでいる可能性もある。十蔵に促され、八郎太は背負っていたスナイドル銃を降ろし、横開式の蓋を開いて薬室にボクサー実包が装塡されていることを確認した。後は蓋を閉め、撃鉄を起こし、狙い、撃てば発砲となる。

一方、十蔵は——これは大仕事だ。火縄銃に早合《はやごう》で胴薬（発射火薬）と鉛弾を装塡、槊杖《さくじょう》で突き固める。火蓋を開き、火皿に口薬《くちぐすり》（点火火薬）をわずかに盛る。一旦火蓋を閉じ、発条式の火鋏《ひばさみ》を上げ、その先端に、腰の胴火から燃えている火縄を取り出し挟んだ。

——これでやっと準備完了。火蓋を開き（切り）、狙い、撃てば発砲となる。

二人は銃を構え、油断なく目配りしながら、沢へとおりていった。沢の畔には大蕗が群生しており、その一部が薙ぎ倒され、ここにも大きな血だまりができていた。

「ここさうずくまり、川の水を呑んだ。ふん、向う岸に上った跡は見えねな」

確かに、三間（約五・五メートル）ほどの幅の流れを隔てた対岸には大蕗が密生したままであり、ヒグマが踏み分けて沢から上った痕跡はどこにも認められなかった。

「どんだ、分かっか？」

と、十蔵は振り返り、八郎太に意見を求めた。

「岸には上がらず、川の中を歩いていったのでは？」

「ンだ。しェば、川の中さ歩いて上流さいったか？　下流さいったか？」

この沢は、ポントワルベツ川と思われた。東の尾根に発して西へと流れ、ユーラップ川の支流トワルベツ川に合流する。ポントワルベツのポンは「小さい」を意味するアイヌ言葉だ。

「では、下流で」

「左手にいったんだな？　なぜ？」

「獣が逃げ込むなら、山奥でしょう」

右手の上流側には低い尾根筋が連なってはいるが、そのさらに向う側は開けた平野――もう人間の土地である。この場所に立って「山奥はどちらか？」と問われれば、左手と答えるべきだと八郎太は考えたのだ。

十蔵は、黙って八郎太の顔を見つめていたが、ややあって――

「違うな。右さいくべ」

と、浅い川の中を上流に向けて歩き出した。八郎太も慌てて後に続く。

「陽のある内、風は里から山に向かって吹ぐもんだァ。で、陽が沈むど、山奥から里に向かって吹ぐ。谷筋や沢筋ではことにそんだ」

「………」

「ええか忘れるな。獣は、どちらに逃げるか迷ったら、大概風上に向かって歩くものしゃ」

「風上に？」

「ンだ。風が吹いてくる方へ歩けば、これから進む先の危険を察知できるでな」

――野獣、意外に賢い。ヒグマが、この沢に達したときは夜。風は山から里へ向け吹いていたはず――だから「ヒグマは上流へ向かった」と十蔵は答えて欲しかったわけだ。

「今は朝だ。里から山に向かって風は吹いとるど？」

「里側から近づいている我々の臭いに、山側にいるヒグマはすでに感づいていると？」

「ンだ。お主、ええ猟師になる」

十蔵は嬉しそうに笑い、軽く咳きこんだ。

ただ、相当な傷を負い、逃げきれないと感じた獣が、猟師の接近を知ったら――

「奴は、必ず待ち伏せをかけてくる」

そう低く呟いて、十蔵は火鋏の先の火縄にフーッと息を吹きかけた。沢筋が湾曲し見通しが悪い場所にくると、十蔵は歩を緩め、やや大回りして、安全を確認してから前進した。

ある湾曲部を曲がりきったところで、十蔵は足を止め、左岸側に顎をしゃくった。河原の石、血痕が付着している――ヒグマは、ここから上陸したようだ。

「十間（約十八メートル）先、こんもりネマガリダケの繁みがある。見えるか？」

十蔵が小声で囁いた。

「？」

しかし、どんなに目を凝らしても、ネマガリダケとは判別できない。繁みらしきものが緑の塊として、ボーッと見えるだけだ。

「ま、ええさ。ヒグマは、その繁みに隠れておる。間違いはね」

「なぜ？」

「後ろは急な斜面《ヒラ》だ。坂さ登る根気も体力も今の奴にはね。沢に戻って川に入った跡はねし、隠れる場所は、あの繁みだけだあ」

「……」

「難儀なのはこれからしゃ。敵だば籠城戦に持ちこんだ。下手に攻めれば返り討ちに遭う。どうやって城から引きずり出すのか、それが問題だの」

十蔵は、八郎太の袖を引いて川からあげ、河原に生えている一本の太いドロノキの後ろに立たせた。

「鉄砲隊の前には柵を立て、突進してくる騎馬武者を足止めするのが定法。つまり、このドロノキが柵だの。忘れるな。ヒグマさ撃づときは、必ず立ち木さ前において狙え」

ここでふと、疑問に思った。

理屈は分かる。戦に例をとった説明は三カ月前まで軍人だった八郎太には理解しやすい。しかしなぜ、十蔵はこうも八郎太に、猟師の心得を熱心に伝授しようとするのだろうか？

(俺は別に、猟師になるわけじゃないし。十蔵殿、なにを考えているんだ？)

ただ、危険なヒグマとの対決を前にして、雑念などもってのほかだ。八郎太は気を取り直し、径八寸（約二十四センチ）ほどのドロノキに依託したスナイドル銃の銃口を、ネマガリダケの繁み——と思《おぼ》しき辺りへ向け、撃鉄を起こした。

一方十蔵は、八郎太のドロノキと、ヒグマが潜んでいるであろうネマガリダケの繁みとを結ぶと、ちょうど正三角形を成す地点の河原に立った。二抱えもありそうな大岩の陰に、火縄銃を横抱きにしたままゆっくりと座り、腰の山刀——彼が〝ナガサ〟と呼ぶ刃渡り九寸半（約二十九センチ）の鋭利で身の厚い片刃——を抜いて足元に置いた。

「ええが、奴が出てきたら、よぐ見えなくても、真ん中さ狙って撃で。撃ったら、すぐに次の弾をこめろ。当たったか？　倒れたか？　確認するのはその後だァ」

と、八郎太に顔を向けて指示した後、しばらく繁みの様子をうかがっていたが、やおら大声を張り上げた。

「こら～熊公、お前ェの命運だばすでに尽きたァ。楽にすでやるがら。ちゃっちゃとそこから出て来い！」

繁みは静まったままである。

「八郎太殿、当てずっぽでええがら。一発、撃ぢこんでみろ」

（よ～し！）

緑色の塊の中央部を狙い、スナイドル銃の引金を徐々に引き絞る。

ド――――ン！

黒色火薬特有の重い爆轟音が響き、銃口から炎が噴き出した。指導された通り、すぐに薬室を開き、排莢《はいきょう》し、次弾を装塡して撃鉄を起こした。

「右だァ。繁みの右で黒いのが動いた。右手を狙って撃でるか？」

「はい」

「しェば、放てッ」

ド――――ン！

ギャ――――ッ！

銃声と野獣の咆哮《ほうこう》が、相和して谷筋に木魂《こだま》した。

「出てくるぞォ」

十蔵の言葉が終わらぬうちに、繁みの中から巨大な黒い塊が、地響きをあげて飛び出してきた。ヒグマは八郎太には目もくれず、大岩の陰で火縄銃を構える十蔵に突進――しかし、十蔵は撃たない。

(なにしてる。やられるぞ！)

ド――――ン！

八郎太、三発目を走るヒグマに撃ちこんだ。

距離が縮まり、今回は目の悪い彼でもよく狙って撃てた。側面を見せて走るヒグマの胸か腹に、確かに弾は入ったはず――でも、倒れない。

「撃てッ！　撃てッ！」

次弾を装塡しながら、思わず叫んだ。ヒグマが大岩に抱きつき、乗り越えようと身を乗り出した瞬間、火縄銃の銃口をヒグマの胸に突き付けるようにして、遂に十蔵が発砲した。

四

「お主が二発、ワシが昨夜のを含めて二発、都合四発を命中させて、やっと倒れた。どげだ？　ワシのいうた通りだろ？　決して巨熊を相手にしてはならねど」

河原で獲殺《かくさつ》したヒグマを解体中、体内から回収した三発分のひしゃげた鉛粒を示し、十蔵が念を押した。昨夜、十蔵が撃ちこんだ弾は、クマの腹から入り肝臓を貫いていた。その衝撃で胆嚢が破裂し、夏熊で唯一商品価値のある熊胆は取れなかった。八郎太の命中弾二発の内、一発は腰骨に当たり、これは頑丈な骨の表面に潰れた状態で張りついていた。もう一発は左太腿を貫通しており、弾頭は回収されなかった。

止めの一発となった十蔵の弾丸は、胸のほぼ正面から入り、心臓を貫通、肋骨を折った衝撃で砕け、幾つかの残骸が背中の筋肉内に留まっていた。

二人の弾頭は、大きさと形が異なるので「誰が撃った弾なのか」を知ることができる。ちなみに、八郎太のスナイドル銃の弾頭は、椎の実型で約三十一グラム。対して、十蔵の火縄銃――十匁《じゅうもんめ》筒《づつ》の弾は、丸型で約三十八グラムと一回り大きい。

「おい、ほぐすところだば、ちゃんと見てろて！」

解体の手を止め、十蔵が怒鳴った。

「ヒグマの体の中、どこに心の臓があるのか、脳味噌の位置、大きさはどうか、実際に見て覚えるのが一番なのださけ」

ヒグマの腹を開けた瞬間から辺りには異臭が漂った。かなり臭い。閉口した八郎太は、作業を続ける十蔵から顔を背けており、それを見た十蔵が癇癪を起こしたのだ。

「私は別段、猟師になるつもりはありませんから」

「だども、この蝦夷地におる限り、鉄砲を持っておる限り、ヒグマが出たら撃たねばなるまい。その時のための心得しゃ」

十蔵は、まだわずかに蠕動《ぜんどう》を続けているヒグマの小腸を摘まみ、少し持ち上げた。網目のような純白の脂肪が腸にまとわりついている。

「お主の傷に塗った軟膏だば、この脂を煮溶かして作る」

所謂「網脂」という部位であろう。

「皮の下の脂はえっぺ臭《くさ》いが、これは臭《にお》いがね。食っても美味ェど」

八郎太は、反射的に心中で「よく食う気になるな」と言い返していた。よい機会なので、かねてより疑問に感じていた点を訊ねてみることにした。

「その軟膏は、傷にとてもよく効きました。なぜ、初めから使わなかったのですか？　七日を過ぎてからようやく使い始めた理由はなんなのですか？」

「ああ、それはのう……」

十蔵は経験上、無理に早く傷を閉じると、よく排膿ができず「体内で腐敗が進む」と知っていた。八郎太の傷は重篤だったので、治療後もしばらく開いたままにし、ある程度膿が出尽くしたところで、熊脂を塗って傷を覆い、傷口を一挙に閉じさせたわけだ。十蔵には縫合の技術が——というよりも「傷を縫い合わす」という発想そのものが——なく、今も八郎太の肩の傷跡には肉が醜く盛り上がっているのだが、それでも、彼に一命を救われたことに相違はない。

解体の際、十蔵は、直腸と膀胱を特に注意して扱った。

「糞尿が漏れると、臭くて肉が食えなぐなるのしゃ」

袋の上下をよく縛り、内容物が漏れ出さないようにしてから切り離した。胆嚢が破裂したので胆汁のかかった肝臓部も大きく切って棄てる。巨大な肺も「これは、食えね」と河原に棄てた。これらはみな、翌朝には綺麗になくなっているそうだ。猛禽類やカラス、小動物などが夜の内に漁り尽くすのだという。逆に、質の悪い夏毛ではあるが、折角の熊皮だから剝がして持ち帰ることにした。

ヒグマの解体に十蔵は一刻（約二時間）を要した。ヒグマ皮、肉、内臓などに分別、十蔵が手際よく荷造りしたものを、八郎太が幾度も往復して小屋まで運んだ。小屋は、小峰を越えたすぐ向う側である。夕方遅くまでには、大方の荷を運び終えた。

八郎太が、最後の肉塊を背負い上げた時、十蔵が酷く咳きこみ、その場にうずくまった。しばらく辛そうに肩で息をしていたが、にわかに咽《む》せ始め、大量の血を吐いた。

十蔵が顔をあげる。八郎太と目が合った。

「喜代に、言うな」

返事の代わりに、八郎太は熊肉を降ろし、十蔵を背負おうと、背中を向け腰をかがめた。

「熊肉を背負え。ワシは、歩ける」

「また吐血しますよ。肉はまた私が取りに戻ります」

「人がいねと、イヌやキツネに持っていがれるから」

十蔵は、エゾオオカミのことを「イヌ」、または「ヤマイヌ」と呼ぶことが多かった。

「どうせ、夏熊の肉は不味くて食えないんでしょ?」

「だども……」

と、言いかけて又候《またぞろ》激しく咳きこんだ。さすがの十蔵も、今回は観念した様子で、素直に背負われた。目方十四貫（約五十三キロ）の十蔵に、二貫半（約九・四キロ）に近い十匁筒、スナイドル銃が一貫（約三・八キロ）と少し、その他諸々——総計約十八貫（約六十八キロ）の荷を背負い、小峰への斜面をよろよろと上った。

「のう?」

背中から十蔵が声をかけた。

「は、はい?」

呑気に会話を楽しむ余裕は、重荷に苦しむ八郎太にはない。

「ワシの家だば、酒井家で百五十石を食《は》んでおっての。お主の家の俸禄だば、如何ほど?」

「ぼちぼち、ですよ」

「な、如何ほど? 教えろ」

「せ、千二百石」

「か――ッ。殿様でねが。庄内藩であったら国家老《くにがろう》級だのう。若様に背負わせて、申し訳ねことでがんす」

「止めてください。もう幕府なんぞありはしないのですから」

千二百石の御書院番士の倅《せがれ》、三河以来の直参旗本――世が世なれば、諸藩の陪臣《またもの》風情を背負うなど思いもよらぬことだ。ただ、八郎太の今のネグラは物置小屋――これが時の流れ。

「なぜ、そんなこと訊くのですか?」

「お主のことだば、なんでも知りたい」

「だから、なぜ?」

思わず歩みを止めた。かなり疲れていたし、一旦止まると、二度と足が前に出ないのでは、と不安だったが、それでも「ここはどうしても訊いておきたい」との気持ちが勝って足を止めた。十蔵夫婦と暮らし始めた当初こそ「殺されて、食われるのでは」と半分本気で心配したものだが、今はさすがにそんなことは頭にない。ただ、十蔵が八郎太を「使い道がある人間」と見ており、だからこそ「救け、面倒を見ている」のは間違いのないところだろう。だとすれば、その使い道について知りたいのは人情だし、知っておくべきだと考えたのだ。

「鉄砲もった落武者がよ。家の隣の物置に住んでおるのだぞ？　どげな男か、気になって当然ではねが？」

ま、そう言われれば、確かにそうだ。気を取り直し、また上り始めた。

ただ「それだけではないはずだ」と八郎太は察してもいた。落武者の同居が不安なのは分かるとしても、なぜ狩猟や山仕事の技術をこの男は八郎太に伝えようとしているのか、そこの説明がつかないだろう。この労咳持ちの猟人は、その飄々《ひょうひょう》とした風貌や惚《とぼ》けた言動とは裏腹に、存外思慮深く抜け目がない。まだ若く未熟で、その上、病み上がりの八郎太が、知恵や言論で太刀打ちできる相手ではないのだ。そんな得体の知れぬ男の掌の上で、転がされざるをえない己《おの》が現状が、八郎太にはもどかしく感じられた。

（こんな俺に、どんな使い道もあるもんか）

心中で悪態を吐きつつ、尾根への急勾配を上っていった。

小屋に戻ると、喜代がヒグマの心臓と肝臓を薄く切って串を打ち、塩を振り、囲炉裏の火に近づけて、こんがりと焼いてくれた。

「ンめど。ここが一番クセがなくて美味いからのう」

躊躇していると、十蔵が串を一本、八郎太に渡した。

「ええがら、食ってみろ」

赤黒かった肉塊は、焼かれて灰色に退色しており、表面には薄っすらとした焦げ目と、粗い塩の粒が際立って見えた。救いは、人肉を食ったばかりのヒグマではないことだ。

意を決して口に入れた。多少はカナ臭いが、妙な脂っぽさがなく食べやすい。飲み下した後にも、獣臭が鼻に抜けるようなことはなかった。

「どげだ?」

「美味いです」

空腹も手伝って一本をすぐに平らげた。

「たんと、食え」

十蔵が、代わりの串を差し出した。

「背や股の肉だば、ここまで美味くはね。少しクセがある。野の獣は、撃たれる前に『なにを食ったか』によって味が決まる。熊肉は、サルナシかドングリを食った後が一番美味い。シカやサケ食ってるヒグマの肉は美味くね」

（しかし、ヒグマはなんでも食うと聞いたぞ。魚や動物の肉から昆虫、草から木の実まで幅広く食べるとすれば、熊肉の味も「その都度違う」ということか？）

「このヒグマだば、ワシの畑の瓜さ食って、その後なにも食べておらんから、意外に美味いかも知れんのう。ま、美味いと言うても、せいぜい『熊の味』だがの、ハハハ」

十蔵の機嫌は上々である。やはり彼は猟師。たとえ熊胆が取れなくとも、青毛の夏熊であっても、獲物があった夜は気分がいいのだろう。その辺の情緒は分からなくもなかった。

十蔵の上機嫌につけこんで、八郎太は一つ無心をしてみることにした。

「なに、佐吉殿の墓？」

「はい。共に戦った朋輩ですし、まだほんの子供です。あのまま山奥に独り埋めておくのは不憫でなりません」

「掘り起こすだか？」

「はい」

「相当、傷んでおるぞ」

「その場で焼いて、骨だけ持って帰ります」

十蔵は、黙って針仕事を続ける喜代をチラとうかがった後、異存はないと応じてくれた。

ただ、喀血《かっけつ》し、具合の優れない十蔵を、道案内として同道させるわけにはいかない。

「大丈夫、場所を教えて頂ければ一人でいけます」

「そうもいがね。喜代、お前、いげ」

喜代は、わずかに顔を顰《しか》めて俯いたが、十蔵に睨まれると渋々同意した。

「あの界隈は〝ヒグマの巣〟ださけ、鉄砲は必ず持っていぐこど。早い目に切り上げて戻り、野営はしねこど」

――の二点が、十蔵から命じられた。

五

翌朝、八郎太と喜代は、十蔵に見送られて小屋を出た。

小屋から北西へ一里半（約六キロ）ほどの場所に、ユーラップ川とトワルベツ川の分岐点《であい》があり、その北東方向――緩斜面の密林内に佐吉の遺体は埋められているという。

小屋を発った二人は、一旦ユーラップ川の河原までおり、蛇行する川を遡行することにした。距離的には大分遠回りとなるが、大河の両岸はヤナギなどの疎林地帯で見通しが良く、ヒグマやオオカミと鉢合わせる心配が少なくてすむ。

八郎太と喜代は黙々と歩いた。特に喜代は、最小限の必要事項以外、殆ど口をきかない。

(辛気臭い道中になりそうだ。これなら十蔵殿と歩く方がよほど気楽でいい)

気の合った姉に面影の似ている喜代——当初は好感を抱いた八郎太だが、数カ月を共に過ごすうち、どうにも「苦手だ」と感じるようになっていた。

なにが気に食わないのか、喜代の方で八郎太を避けている風がある。夫婦水入らずで暮らしていた所へ、誰とも知れぬ敗残兵が同居し始めた。女房殿の機嫌がいいはずもない。

(そういえば、端《はな》から喜代さんは、俺と関わるのに反対していたんだ。十蔵殿が「使い道がある」とかなんとかで押し切ったようだが。ま、その辺が面白くないのだろうさ)

いずれ自分は小屋を出ていく身である。それまで喜代とは、一定の距離を保ち、決定的な対立を生じさせることなく穏便に過ごせれば、と願っている。

「あんの……」

「ん？」

後方を少し離れて歩いていた喜代から突然声をかけられ、八郎太は慌てて振り向いた。

「佐吉様と八郎太様だば、どういう御関係でがんすか？」

「同志です。戦友です。共に戦いました」

「ンだども、亡ぐなっだ同志の方だば、他にも沢山おられるのでがんしょ？　なぜ佐吉様ばがり、こげに……」

「御迷惑でしょうね、すみません」

女は必死に頭《かぶり》を振って否定したが、その後はなにも喋らなくなってしまった。

（確かにこの女のいう通りだ。これが佐吉でなきゃ、一旦埋めた遺体を掘り起こして茶毘に付すところまではしないだろう）

ある意味、八郎太にとって佐吉は特別な存在だったのである。そもそも本多佐吉は

――


「しェば、この辺から、登ってくんなへ」

と、喜代の声が思考を遮った。振り向くと、喜代は右手奥の丘陵を指さしている。本流のユーラップ川に、右から大きな支流が流れこんでいた。トワルベツ川だ。支流側に少し入ってすぐ右の緩斜面、疎林の彼方は黒々とした密森に覆われていた。十蔵はこの界隈を〝ヒグマの巣〟と表現した。八郎太は肩に担いでいたスナイドル銃を降ろし、実包が装塡されていることを確認した上で、丘へと足を向けた。

五月には兄と、この辺りを歩いたはずなのだが、景色に見覚えは一切なかった。不眠不休の逃避行で疲労の限界を超えており、周囲を見渡す余裕すらなかったのだろう。丘への坂道は左程に急峻でなかった。佐吉を背負う兄と負傷した八郎太である。疲弊しき

った二人が、わざわざ急登を選ぶはずがない。

セミ時雨《しぐれ》の中、道が暗い森にさしかかると、今まで常に三間（約五・五メートル）ほどの距離を置いていた喜代が、八郎太のすぐ後方に間合いを詰めてきた。やはりヒグマが怖いのだろう。

八郎太は、時折大声を出しながら森を進んだ。

「ほ――――いッ。ほほ――――いッ」

十蔵によれば、人が近づくのを知れば、普通のヒグマは人に道を譲るものだという。一方、熊狩りをする猟師はクマを逃がさぬよう、音をたてずに森の中を忍び歩く。クマに遭わないように歩く里人と、クマに遭うように歩く猟人の違いである。

丘の中腹、苔むしたヤチダモの巨木に見覚えがあった。三カ月前、八郎太はこの場所で、己が視力と引き換えに初めてヒグマを撃ったのだ。今では森の下ばえの夏草が繁茂し、景色を大きく変えてはいるが、確かにこの場所だ。勿論、その折の大冒険を物語る痕跡はなに一つ残されていない。八郎太はしゃがみこみ、自分が腰を下ろしていた辺りの土を触ってみた。湿って、ひんやりとした感触が心地よかった。あの時、姉の千歳が夢の中に出て来た。怖い顔をして「その場を動くな」と助言してくれたのだ。結果、ヤチダモの木がヒグマの強烈な殴打から、八郎太の命を守ってくれた。

「佐吉様の御遺体は、あちらでがんす」

と、喜代が指示する方へと、ナガサでクマイザサを薙ぎ払いながら歩いた。やがて緩斜面を見おろす少し開けた場所に出た。

「あ、あれ？」

喜代は、土が深さ三尺（約九十一センチ）ほどに掘り下げられ、傍らに、こんもりと土饅頭《どまんじゅう》が積まれてある場所へと駆け寄り、穴の中を指さした。

「ここに、御遺体どご埋めたでがんす」

「どういうことです？」

「土を掘られでおります。御遺体、持ち去られだのかも」

「でも、誰が遺体なんか……まさか、ヒグマは人の墓を暴きますか？」

喜代が幾度も頷いた。当時は土葬である。埋葬後、里人の墓が暴かれ、遺体が食害されることも珍しくはなかったという。

「くそッ」

咄嗟に銃を構え、周囲を睨《ね》め回したのだが――見れば、穴にも土饅頭にも夏草が生い茂っている。昨日今日掘り返した跡ではないことは明らかだ。もし墓を暴いたのが本当にヒグマだったとしても、そいつがまだ近くにいるとは思えなかった。

「ん？」

繁みの中、白磁の壺のようなものが転がっている。

目を凝らしてよく見ると――髑髏《されこうべ》だ。

思わず声が出た。駆け寄ると、頭髪と頬の肉がわずかに付着しているだけで殆ど白骨化している。佐吉の頭骨である確証はなかったが、状況を重ね合わせれば、ほぼ彼の骨と見て間違いないだろう。ヒグマは墓を暴き、佐吉の遺体を引きずり出して貪り食った。頭部は骨が堅く嚙みにくいので食い残したのだ。周囲を探せば、やはり骨ばっており、肉の少ない手の先や足先の骨が見つかるかも知れない。

「さ、佐吉?」

「さ、佐吉、お主は……」

思わず、髑髏の前に座りこんでしまった。座ったというよりも、腰が抜けたのだ。髑髏の眼窩《がんか》が八郎太の方を見つめている。胡坐《あぐら》をかいた八郎太の膝が、ガクガクと震え始めた。

過日、十歳に命を救われて以来、ともすれば捨て鉢になりがちな敗残兵の内面を支えたのは、ひとえに「佐吉の墓を俺の手で建てる」との思いだった。その思いを胸にこの三カ月間、物置に寝泊まりし、体の養生に努め、猟師の仕事を手伝ってきたのだ。しかし、その間に、八郎太が暮らす小屋から一里(約四キロ)と少ししか離れていない森の中で、佐吉の遺体は掘り起こされ、損壊され、獣の餌となり果てていた。

(すまない佐吉。来るのが遅かった。俺はいつも時機を逸する。馬鹿のくせに色々下ら

ないことを思い悩み、決断が遅れるんだ）

八郎太は、命の恩人であり、世話をかけている十蔵に「余計な気を使い過ぎた」ことを悔やんでいた。遺体を森に埋めてきたのは十蔵だ。「佐吉の墓を建てたい」と言い出すのは、十蔵の「その場に埋める」との判断を批判しているようではばかられたのだ。でも、昨夜、申し出てみると十蔵は二つ返事で了解してくれた。明らかに八郎太の気の回し過ぎであった。

「め、めじょけねェことでがんす」

と、傍らに喜代がひざまずき、泣きながら髑髏に手を合わせてくれた。

髑髏と左手首から先、後は腰骨の一部と思われる骨を草叢《くさむら》の中から拾い集め、トワルベツ川の河原まで降ろした。乾燥した流木や枯れ枝などを積み上げ、ダケカンバの極薄の樹皮を使って火を点けると、炎は猛烈な火勢となって佐吉の遺骨を包みこんだ。骨の量が少ない上、殆ど白骨化している。夕刻までには「完全に焼きあがる」と思われた。

風のない日であった。荼毘の煙は、真っ直ぐに立ち昇り、やがて蝦夷地の夏空へと吸いこまれていった。セミの声が、数千の僧侶が唱える読経のように聞こえた。

（や、降伏を決めたあの日も、箱館の山ではセミが鳴いていたな）

多分、エゾハルゼミの声だったのだろう。春から初夏にかけて鳴く北方性のセミだ。

◇◇◇◇◇◇◇◇

三カ月前のこと。蝦夷共和国総裁・榎本武揚《たけあき》が降伏を決断したとき、八郎太も即座に五稜郭脱走を決心した。多くの同志を殺した憎悪すべき敵に頭を下げるのは我慢がならなかった。これがもし、関ヶ原のような天下分け目の大合戦をした挙句に「徳川が一敗地にまみれた」というのなら、八郎太の新政府軍への嫌悪感はここまで強くはなかっただろう。だが薩長は――分けても薩摩は陰湿であった。鳥羽伏見以来、狡猾《こうかつ》に立ち回り、騙し、脅し、幕府をじわじわと封じ込めてきたその手法が、どうにも八郎太の生理に合わなかったのだ。

胸に銃弾を受け、身動きがとれなくなっていた師の伊庭八郎が、毒をあおって自死して以降、八郎太は身軽であった。誰の意向をくむ必要もなく、自分が思う通りに行動できる。敵に包囲されて逃げ場を失くし、湿った床下や物陰に隠れて、こそこそと惨めに切腹するのは無念だ。どうせなら、敵の追跡を振り切って余裕綽々《しゃくしゃく》、白日の下で悠然と腹を切りたい。

その旨を佐吉に諮《はか》ると、自分もまったく同感だから一緒に逃げたいという。兄は強く反対したが「ならば、佐吉と二人で逃げます」と脅すと、渋々ついてきた。

旧暦五月十八日朝、降伏のため榎本ら共和国の幹部が敵の亀田屯所へと出頭した。昼前に五稜郭は開城、敵兵が雪崩れ込んできた。その混乱に乗じ、三人は陣地を抜け出したのだ。

当然、警戒線の敵衛兵に誰何《すいか》される。

「走れッ！」

兄の号令で三人が走り出すと、敵は背後から滅多矢鱈《やたら》に撃ってきた。幾度も、敵弾が頭の近くをかすめる音を聞いた。八郎太の銃はエンフィールド銃だ。旧型の先込式だから、乱戦になると実質一発しか撃てない。その一発すら敵に見舞わずに死ぬのは悔しかった。立ち止まり、振り返って敵陣地と思しき辺りに銃口を向けた。その刹那——

ドンッ！

肩に敵弾を受けたときの衝撃——撃つ前に、撃たれた。大きな痛みこそ感じなかったが、銃弾が命中したことは、はっきりと分かった。焼けた火箸を押し付けられたような熱感とともに、鈍く重たい圧力が、八郎太の体を後方へと薙ぎ倒した。

（こ、これまでか）

むしろ、安堵にも似た気分であった。もう十分に戦った。幾人もの同志が死んでいったし、斬り殺した相手の驚いたような眼差しも忘れられない。ここで死ねれば、殺すのも殺されるのも、もうすべてを終わりにできると思った。しかし、八郎太は死ななかった。

「大丈夫か？　歩けるか？」

引き返してきた兄から、そう問われると、無意識のうちに頷き返していた。身を起こせば、不思議と普通に歩けた。逆に、肩の傷の方が激しく痛み始めた。服の中を伝わり流れ落ちる汗か血が――多分、血だろうが――肌に冷たく感じた。激しく撃ち浴びせられ、たまらず擂鉢《すりばち》状の塹壕に三人団子となって身を伏せた。正確には塹壕ではなく、砲弾が地面に落ちた痕だったのかも知れない。

「左手奥の繁みまで走るぞ」

「はいッ」

と、応じた佐吉が、まっ先に立ち上がり、走り出した瞬間、彼は右足の膝を撃ち抜かれ、土の上にドウッと転がった。

「さ、佐吉！」

「ひ、膝をやられてる。八郎、俺と佐吉の銃を持て！」

歩けなくなった佐吉を兄が背負い、三人で木立の中をあてもなく北へ北へと逃げた。北になにがあるわけでもない。ただ「薩摩は南から来るのだから」との思いだけで、北へ逃げた。

佐吉は痩身短軀で、体重は十二貫（約四十五キロ）しかなかったが、他に食料や装備の重さもある。兄の体力はすでに限界を越えていた。肩に銃創を受けている八郎太も、三丁の小銃を抱え疲労の極致にある。三人で相談し、佐吉のエンフィールド銃は藪の中に放棄した。

途中、佐吉だけを新政府軍に「投降させるべきか」と話し合った。憎い薩長だが、彼等も武士だ。歩けない少年兵をなぶり殺しにすることはあるまい。それに対し、佐吉は否とも応とも返事をしなかったが、すがるような目をし、黙って八郎太を見つめていた。

「な、佐吉……お前、どう思う？」

と、喜一郎が佐吉に問いかけた。

「私は背負われて逃げる身、意見を申し上げる立場にはありません。ただ、私は幕臣として死にたい。武士らしく死にたい。御家人には御家人なりの意地が御座いますので」

「………」

佐吉は奥平家の兄弟にとって、単なる戦友というだけではなかった。彼は貧しい御家人の次男坊で、才凡庸な少年だったが、ある種の〝原初的な正統性〟を備えていたのである。

本多佐吉は、元々幕府伝習歩兵隊士であり、蝦夷共和国軍では第二列士満第一大隊に所属していた。しかし、伝習隊の隊士は博徒や駕籠かきあがりの破落戸《ごろつき》ばかり。年端もいかぬ少年兵を彼等と一緒にしておくのは忍びないと、大隊長の大川正次郎《おおかわしょうじろう》が、第一列士満第二大隊長の伊庭八郎に預けたのだ。伊庭隊は彰義隊や遊撃隊がその母体となっている。奥平兄弟のような高位旗本の子弟も多く、隊内の統制はとれていた。八郎太たちの小隊に配属された当日、佐吉は「やっと徳川家に御奉公する機会に恵まれて嬉しい限りです」と挨拶し、先輩兵《ベテラン》たちの苦笑を誘った。

今は明治の二年。忠義など、如何にも古臭い徳目だ。幕末から大政奉還、戊辰戦――この激動の時代にあってはすでに「後ろ向き」な「たち遅れた」倫理観であったかも知れない。そもそも、親藩や譜代の大名家がこぞって徳川を裏切っているのが現状なのだから。また、徳川家云々なぞということは所詮私事であり、武士たる者「日本国の明日」を考え大局観に立ち行動すべき――そういう理屈もあるだろう。

しかし、百人組同心として大久保の粗末な組屋敷に住み、二百年以上もの間、傘貼りなどの内職で連綿と食いつないだ御家人の倅が口にする「忠義」には、欲も得もない純粋性が、武士としての原理性が、強く感じられたのだ。製品を買いつけにくる横柄な商人に小腰を屈めながら、本多一族は、この日が来るのを心の支えとして、屈辱と貧乏を耐え忍び、幕臣としての矜持《きようじ》を保ち続けたのではあるまいか。二百六十年余である。その遠大な歴史の前に、昨日今日の価値観の変遷など、どれほどの意味をもつのだろうか。対して、千石、二千石の高禄を食み、〝殿様〟やら〝若様〟なぞと持ち上げられ、厚遇を受けてきた旗本の多くは、徳川への恩義を忘れてしまった。この箱館へたどり着く過程で、多くの朋輩たちが日和見を決め込み、こそこそと隊から離れて行くのを八郎太は実見していた。

「佐吉に、すまない」

同じ幕臣として、二百六十年余も厚遇を受け続けた名門旗本家の一員として、御家人・本多一族の過去を虚《むな》しゅうしてはならないとの思いがあった。これには兄も賛成だったらしく——

「どうも佐吉だけは、おいて行けねェな」

と、疲労困憊しながら、その後も戦友を背負い、延々と山道を歩き続けてくれたのだ。兄弟は、兄の背中から「申し訳ないです」と繰り返す佐吉とともに、あてもない道を只管進んだ。当初は夜間も進んだが、暗い山道を歩くのはあまりにも危険だと判断。陽が落ちると、目立たぬように木々の生い茂った沢筋へと降り、火を焚いて夜を明かすことにした。

河原での野営中、繁みの中から、低く唸る獣の声を聞いたこともあった。その時は「野良犬だろう」ぐらいに考え、繁みに石を投げて、そのまま気にも留めなかったのだが、今思えば、あれはヒグマの声だったのかも知れない。

「佐吉が忠義を尽くす公方様は、まっ先に降参してしまわれた。佐吉も哀れだな」

焚火で手を炙《あぶ》りながら、八郎太は兄に話しかけた。佐吉は傍らで寝息を立てている。

兄は返事をしなかった。別段、八郎太の意見に反発したわけではない。終日、佐吉を背負って密林の中を歩き続け、精神的にも肉体的にも返事をする余裕が失せていたのだ。兄は死んだ魚のような目で、焚火の炎を見つめていた。

「俺は、ま、同じことばかり言いますが。榎本の野郎が、ど〜しても好きになれない」

焚火の中で薪がバチリと爆《は》ぜ、わずかに火の粉を噴いた。

「総裁に収まったからか?」

炎を見つめたまま、兄が初めて応えた。

「野郎は、徳川家のために戦ったのではなく、結局、自分が大将になりたかっただけなんじゃないですか」

「おい八郎、榎本さんは、入札で選ばれた総裁だぞ。なりたくてなったわけじゃないだろう」

明治元年(一八六八年)十二月十五日、箱館を拠点とする旧幕府軍は、指導者を投票で選出した。八百五十六人が投票、その内百五十六票を集めた榎本武揚が、比較筆頭で箱館政府の「総裁」として選出されたのだ。

「つまり、みんなで決めた総裁だってことさ」

「兄上は入札したかも知れないが、俺も佐吉もしてないから。榎本総裁なんぞ知りません」

入札権は士官以上に与えられた。奥平家長男である喜一郎は入札権を得て榎本に投票したが、下士官待遇である八郎太と兵卒である佐吉に入札権は与えられなかった。ただ、権利を認められなかったから臍《へそ》を曲げ、榎本を嫌っているわけではない。伊庭八郎存命の頃から万《よろず》保守的な八郎太には、榎本の異国臭がどうしても受け入れられなかったのだ。

「榎本は、英仏軍艦のカピタンから、オルソリテ・デ・ファクトと認められて、鬼の首を獲ったように喜んでたけど、兄上、オルソリテ云々の意味を御存知ですか？　〝事実上の政権〟ですと。事実上のって、なんだそりゃ！　毛唐が、馬鹿にしやがって」

「もう、いいよ。榎本も俺等も、結局皆《みん》な負けたんだ。今じゃ仲良く朝敵だァ」

「ふん、なにが朝敵ですか。胸糞わるい……ん、ん？」

「どうした、八郎？」

「な、なんだか、急に、背筋がゾクリと……」

高熱が出る前触れだった。これ以降、肩の盲貫銃創が八郎太を責め苛《さいな》み、その苦痛は十歳の荒療治を受けるまで延々と続くことになる。

◇◇◇◇◇◇◇◇

「佐吉に、すまない」

茶毘の炎を眺めつつ、膝を抱えた八郎太が呟いた。

「はい？」

傍らで舟をこいでいた喜代が慌てて顔をあげた。もう陽は大分傾き、トワルベツ川の水面を黄金色に染めあげている。

「すみません。独り言です」

「……………」

そろそろ炎の中の遺骨も灰化した頃であろう。ある程度冷めるまでは触れないが、それでも、今夜の内には、なんとか十蔵の小屋に戻れそうだ。

第二章　森に生きる覚悟

一

八郎太は佐吉の墓を、十蔵の小屋から離れた場所に建てた。

十蔵は「近くに建てればいい」といってくれたが、小屋から二町（約二百十八メートル）ほども疎林の中を歩いた陽当りのよい崖の上に遺骨を埋めた。

なぜ、この場所だったのか。

具体的な要求をされたことこそないが、十蔵が八郎太に、なにかを期待していることは明らかだったし、もうこれ以上、十蔵の思惑の中に取り込まれ、己が選択の幅を狭めるのは御免だと感じていたからだ。佐吉の墓を二町離したからどうだ、というものでもなかろうが、八郎太としては、巧みに覆いかぶさってくる十蔵へ、精一杯の抵抗を示したわけだ。

ある晩、八郎太は十蔵に、いずれはここを出るつもりである旨を告げた。

「で、どこさいぐ?」

「北です」

「北か?　ハハ、なんもねど」

十蔵は嘲笑し、酷く咳きこんだ。表の土の中で、ケラが「ジーッ」と鳴いている。

「兄が先に行っておりますから、合流します」

「兄上って……もすかすて、奥平喜一郎殿のことか？」

「！」

礼儀上、自分と佐吉の名は伝えたが、落武者として追われる身の兄については、一切口にした覚えはない。また寝言かうわ言で兄の名を口走ってしまったのだろうか。

「その御仁ならば、新政府軍に投降したど」

「嘘だッ」

思わず声を荒らげた。そんなはずはない。十蔵のことだ、やはりうわ言から兄の名を知り、この家に八郎太を引き留める方便として、虚言を弄《ろう》していたに違いなかった。そういう男だ。権謀術数の十蔵ならやりかねない卑劣な罠だ。

「なんも、三月《みつき》も前の話しゃ。この界隈で知らん者はおらん。お主と本多佐吉共々、お尋ね者だもの……なあ、喜代？」

針仕事を続けながら、目線を上げることなく喜代が頷いた。

「なぜ黙ってた？」

「お主だば『腹を切る』と喚きだすに決《ち》まっておるがらのう」

「そ、それにしたって……」

今は八月、三カ月前だとすれば五月だ。山中で別れて後、すぐ投降したことになる。

(なにを考えてるんだ兄上は？　おかしいじゃないか！)

別れるとき、兄は確かに「俺も後からすぐにいく」といった。「三途の川は三人で一緒に渡ろう」とも言った。なのに、兄は投降したらしい。兄は、まさか瀕死の弟が、こうして生き永らえているとは夢にも思っていないはずだ。八郎太が死ねば、歩けない佐吉が生きているはずもない。佐吉と八郎太、二人の同志が死んだのを奇貨として――足手まといになる佐吉と、正義だ条理だと口うるさい弟が死んだのを奇貨として、自分一人が「生」を選んだとしか思えない。

(くそッ、おかしいじゃないか！)

涼やかな兄の眼差しが脳裏に浮かんだ。文武に秀で眉目秀麗、性格は明朗――こんな時代でなければ、千二百石の両番筋、名家の嫡男として、どんな出世も望めた男だ。で、あればこそ逆に、なまじ捨てるに惜しい資質を数多抱え込んでいるだけに、ふと魔がさして、目前の安直な生に、すがりついてしまったに相違なかった。

「もすも兄上のこど、『裏切者』だと恨んでおるのなら、それはちと違うど」

「なにが違う！」

「新政府だば旧幕臣に寛容だ。人材と見れば、どんどん登用する方針だと聞ぐ。今はもう明治の二年だ。今頃、はあ戊辰だ、はあ五稜郭だ、騒いでおるのはお主だけしゃ」

「幕臣としての意地は？」

「ならば、慶喜公がまっ先に投降したのではねが？」

「あれは、水戸の出だから」

「正統な公方様だ。徳川の頭領とすて、時代をよぐ読んでおられた名君だァ」

「！」

八郎太は榎本武揚以上に、徳川慶喜を嫌悪していた。彼が政権を投げ出さなければ、京都から一人勝手に離脱しなければ――そう思うと、腸が煮えくり返る。八郎太の心は今も幕臣のままであったから、仮にこの場で、慶喜から「死ね」と命じられれば躊躇なく腹を切るだろう。しかし、それは義務感からの機械的な行為であり、慶喜個人への感情とは「また別物なのだ」と自分では整理をつけていた。その慶喜を、十蔵は名君だと言う。

八郎太は黙って席を立ち、小屋の外に出た。十蔵とは思想的に相いれない。これ以上話しても無駄だと確信した。

（十蔵殿はああいうお方だ。なんでも算盤《そろばん》ずくだ。時代云々と綺麗ごとをいっているが、所詮は、自分への得や利で動いているに過ぎない。まるで商人《あきんど》だ！）

十蔵だけではなかった。慶喜も、榎本も、兄も、みなが十蔵側の商人気質《かたぎ》であり、その中で自分一人が――自分と、死んだ佐吉の二人のみが――士魂を保っている。

（なんだ。まともな武士は、俺と佐吉ぐらいのもんじゃないか！）

勿論、師の伊庭八郎はじめ、戦死した同志はみな、義のために殉じた烈士たちである。彼等の系譜の中に、自分と佐吉は名を連ねる資格があるのだ。そう思えば、いささかの高揚感がなくもなかったが、それ以上に、今の彼には十蔵への嫌悪感の方が勝っていた。晴れ渡った夏の夜空に浮かぶ満月が、八郎太の目には、ぼんやりと光の輪郭となって見えるだけだ。疎林の中を、佐吉の墓を目指して歩いた。荒《すさ》んだ気分のままに、足音荒く進むと、鳴き交わしていた夏の虫たちは鳴りを潜めた。

佐吉の墓は、八郎太自らユーラップの河原で集めた大ぶりな丸石を、円錐状に積み上げて造ったものだ。見栄えのしない簡素な墓だが、今度こそ獣に暴かれることのないよう、四尺（約百二十一センチ）余も地面を掘って遺骨を埋めた。ヒグマの食い残した骨を、さらに荼毘に付した遺灰であり、今更獣が墓を暴く心配もないのだろうが、それでも、八郎太は早朝から昼までかかって深い墓穴を掘った。かき出す土の一杯一杯が、戦友の遺体を護れなかった自分の贖罪《しょくざい》になる、そんな気がしたからだ。

眼下には、月光を映してきらめかせつつ美しいユーラップ川が流れている――ハズだが、八郎太には見えない。墓の前に胡坐をかいて座りこんだ。速足で歩いただけなのに、息が上がっている。怒りで膝に置いた手がわずかに震えていた。

「佐吉、驚いたよ」

と、声に出して墓に語りかけた。

兄には裏切られ、十蔵も――恐らく、喜代も――兄の行動を是としている。自分独りが、とんでもない頑迷固陋《がんめいころう》な人間扱いされているようで、八郎太は悔しかった。

「俺はただ筋を通したいだけだ。おかしいことを、おかしいと言ってるだけなんだ」

戦に負けた武人が、敵に頭を下げ、簡単に許されて市井の暮らしに戻るのであれば、戦死者は損籤《くじ》を引いたことになる。戦で死をも恐れずに勇戦して倒れた者が損をして、生温《なまぬる》く戦い、生き永らえた者が得をする。そんな仕組みは絶対におかしい。

墓の下の佐吉は返事をしてくれないが、あれほど「武士道や徳川への拘《こだわ》り」を強くもっていた彼なら、必ず八郎太の側に立ってくれるはずだ。

「俺は変わらないから、安心してくれ。お前の無念を放ったらかして、新政府に尻尾を振るような真似は絶対にしない」

この言葉を聞いた佐吉が、心底から喜ぶかどうか自信はなかったが、せめて自分の気持ちを泉下の同志に伝えておきたかった。

「ただ、これからどうするかだよなァ。お前の墓は建てちまったし、北へ逃げても兄上はいない。投降などもってのほかとなると、後には『腹を切る』くらいしか道は残ってないよな」

「今一つあるど」

繁みの中から声がして、十蔵がのそりと現れた。

「お主が、腹を切るかと心配でついてきた。お主、墓の前だば、よぐ喋るのう」なぞと軽口を叩きつつ、十蔵は許しを請うこともなく八郎太の隣に腰を下ろした。

「今一つあるというのは他でもね。お主、猟師にならねが？」

そう言われても、別段驚きはなかった。十蔵が八郎太に、山の暮らしを伝授しようとしていることは明らかだったし、以前、彼に背負われて山中を移動していたとき「使い道がある」なぞと喋っていたのを八郎太は今も忘れていない。

「目の悪い私が？　鉄砲撃ちに？　無茶だ。無理ですよ」

「いんや、鉄砲撃ちだけが猟師ではねぞ。罠猟もある。夏だば前の川で魚を捕ればええ。山菜に茸、なんでも銭になる。贅沢はできねが、食ってはいげる」

「や、でも……」

「ワシだば労咳しゃ。もうすぐお迎えがくる。したば、小屋も火縄銃も全部お主にやる。なんなら喜代を付けてもええ」

「喜代さんを……っ、付けるだと？」

「ンだ。お主の女房にすたらええ。あれは、存外にええ女でのう。働き者で気立てがよい上に、尻の肉置《しし》きが、こう、えらく……」

「断るッ！」

さすがに嫌悪感がでた。「女房を付ける」とはなにごとだ。不謹慎窮まる。

（俺を女衒《ぜげん》や破落戸と一緒にするな！　女は物じゃない。小屋や火縄銃と一緒に並べるな！）

と、心中で憤慨し、発条《バネ》が撥《は》ね上がるように立ち上がった。

「あ、怒《お》ごたか？」

「貴方は命の恩人だ。それなりに頭のよい人だとも思う。しかし、人倫のなんたるかがまったく分かっていない」

「これは、御無礼すたのう」

「私には私の生きる道がある。それは武士として生きるに値する道でなければならない」

「なるほど。で、それはなにか？」

「そ、それは……」

この感じが八郎太は苦手なのだ。十蔵という男は、始終惚けているようで、急に豹変《ひょうへん》し真顔でズイッと胸元へ斬り込んでくる。謂わば奇襲の名人。不意打ちの妙手。虚をつかれて、つい動揺してしまい言葉が出なくなる。今回も反論の舌が盛大にもつれた。

「い、今はまだ、わ、分からないけど」

「しェば、決まってねのか？　まだ分からねのじゃな？」

その通りなだけに悔しい。実に悔しい。

「ならば、腰掛けのつもりでええ、猟師さなれ。お主の言う『武士とすて生ぎるに値する道』が見つかるまでの腰掛けでええ、猟師さなれ！」

「こ、腰掛けって」

若者に職業を薦めるのに「腰掛けでいい」との言い草には呆れた。論語には「吾道一貫」の名言もある。年長者ならば「性根を据えて、本気で取り組め」と教え諭すべきところだ。この十蔵という男の節操のなさ、融通無碍《ゆうずうむげ》ぶりはどうしたことだろう。十蔵が元々は武士であり、しかも名門庄内藩で高百五十石を食む歴《れっき》とした士分であったこと自体が信じ難い。

八郎太は黙って踵《きびす》を返し、十蔵をその場に置いたまま小屋に向け歩きだした。暗い疎林の中を速足で歩いた。夜の森は、ヒグマやオオカミが跳梁跋扈《ちょうりょうばっこ》する危険地帯である。先日の巨熊は小屋のすぐ側まで侵入して瓜を貪り食った。しかし、野獣の恐怖を忘れるほどに八郎太の心は波立っていた。

小屋には戻らずネグラの物置へと直行した。今、喜代の顔は見たくなかった。

「お帰りなへ」

火縄銃とともに自分に譲渡されるかも知れない女が、心配して小屋の外に出てきた。八郎太、危うく喜代の腰の辺りに目が行きそうになり、慌てて視線を逸らした。

「十蔵さまは？」

「し、知らん！」

「？」

火縄銃の付属品である肉置きの豊かな女は、八郎太の不機嫌に驚いて目を白黒させた。

翌朝早くから十蔵と八郎太は、大汗をかき、尾根を三つ越えた沢までイワナ釣りに出向いた。昨夜、八郎太の今後について揉めたばかりでもあり、初めは拒絶していたのだが、いつの間にか十蔵に乗せられ、釣り竿を用意し始めていた。

（いかん。十蔵殿は曲者《くせもの》だ。俺の方がよほど意志堅固でないと、つい乗せられてしまう）

そう自らを戒めながらも、沢筋の冷気を楽しみつつ、ミミズを針につけ、竿を振った。

食品としてのイワナは、味ではヤマメに劣る。しかし、イワナ酒や出汁魚として人気が高く、焼干にしたイワナの需要は高い。山越内《やまこしない》の旅籠《はたご》や飯屋《めしや》に持っていけば、結構な値段で買い上げてくれた。

ヤマベとイワナは同じ川に混生しているが、一応は「釣り分ける」ことも可能だ。イワナを釣る要諦は三点——まず、イワナはヤマベより低水温を好み、より上流部に棲む。本日、わざわざ尾根を幾つも越え、細い支沢に分け入った理由はこれだ。次に、イワナはヤマベほど泳ぎが上手くない。ヤマベは流れの速い瀬でも餌を追うが、とろいイワナは、草叢《ボサ》下のエグレや岩陰に潜み、瀬にはなかなか出てこない。最後は合わせだ。ヤマべの「早合わせ」に対して、イワナは「遅合わせ」――十分に食いつくのを待ち、一気に合わせる。この三点に留意すれば、イワナに特化した釣りが可能となるのだ。

ただ、夏の沢筋にはヒグマが多い。新緑の季節が終わって木の葉が食べるには堅くなり、堅果や漿果が実るのはまだ随分と先だ。ヒグマたちは、大蕗やウワバミソウなどの汁気の多い植物を求めて沢に集まってくるらしい。

「なまじクマが多いがら、里人は近寄らね。それで、この沢には魚がたんといるわけしゃ」

ヒグマが「渓流魚の番人になっている」不思議なめぐりあわせを十蔵は説明した。

前言したように夏熊の商品価値は低い。猟師が危険を冒して熊狩りをしても、勘定が合わないのだ。今、熊猟をするつもりのない十蔵は、沢に下る前、尾根の上から「熊避けの鉄砲」を撃った。熊撃ちのとき猟師は矢鱈に鉄砲を撃たない。一発撃てば、その谷筋からクマは逃げ出し、一頭もいなくなってしまうからだ。銃声は谷の斜面に木魂して陰々と余韻を引いた。

「これで、大丈夫。安心して釣れるど」

鬱蒼《うっそう》と葉を茂らせた樹木が、沢を覆い隠していた。川幅が狭い上に巨岩も多く、概して竿は振り難い。十蔵に言われ、釣り糸の長さを二間（約三・六メートル）ほどに短めた。件の〝提灯釣り〟である。竿が二間半（約四・五メートル）だから、釣り竿より糸が随分と短いわけだ。餌は赤味の濃いヤマミミズ。ちょん掛けし、竿を振ることなく、送り出すようにして、イワナが潜みそうな底石の陰へポトリと落とした。と、同時に、暗い川底に銀鱗がきらめいた。

「食った！」

と、八郎太は色めき立ったが、十蔵が制した。

「まだまだ。合わせるな。むしろ糸さ送れ。そうそう……よし、今だ！」

小さく合わせた。ガツンと引きがきた。重い。大きい。魚は下流へと走った。慌てて竿を立てる。竿先が弓形に大きくしなる。この〝しなり〟こそが重要。しなりが魚の力を吸収してくれるので糸は切れないのだ。魚の引きに負けて、竿を伸《の》されると万事休す。脆《もろ》い糸はすぐに切れる。また水中でギラリと光った。今度は上流へと走る。竿を立てた。大きくしなる。こんなことを休まず数回繰り返すうち、魚は次第に弱ってきた。水面にゆらりと大きな魚影が姿を現す。浅瀬へと引き寄せ、空気を吸わせるとさらに弱り、大魚は八郎太のなすがままとなった。勝負あり。引き上げたのは尺を超える大イワナであった。

「どげだ？　楽しかろ？」

斜面を上りながら、十蔵が話しかけてきた。八郎太は、ずっしりと重くなった魚籠《びく》を肩からかけ、少々喘ぎながら上っている。釣果は、イワナが五十二尾。その内の半分は八郎太自身が釣った。名人級の十蔵とほぼ互角——かなり誇らしい。

ただ、八郎太の目には、十蔵が「手加減」しているようにも見えた。十蔵が本気を出せば、一人で五十尾以上も釣る。

(この辺が、十蔵殿の食えないところだ。俺を煽《おだ》てあげ、好い気持ちにさせ、なにがなんでも猟師の後釜に据《す》えるつもりらしい)

「のう、八郎太殿?」

「はい」

「お主が早く、腹さ決めで『十蔵の跡継いで猟師さなる』と、そういってもらわねば、ワシだば死ぬに死に切れん。なんとかならんか?」

八郎太は返事をせず、黙って斜面を上り続けた。

二

明治二年九月、新政府は、蝦夷地の呼称を「北海道」と改めることを決定した。同時に「箱館」は「函館」と表記されるようになった。つまり八郎太や佐吉が戦った「蝦夷地での箱館戦争」は、これ以降「北海道での函館戦争」として語られることになるのだ。

（字まで変えるのか。これは謂わば、新政府による〝根切り〟だ。政治も、歴史も、物も、人も、すべて「旧幕の匂いのするものは悪い」「新政府はすべてが良い」そう言い募っていくつもりなんだ。おかしいじゃないか！）

と、八郎太は一人憤慨した。自分たちの過去を、歴史を、新政府によって勝手に改竄《かいざん》されたような気がして、無性に腹が立っていた。

旧暦の九月六日――新暦だと十月十日――小屋の周囲に初雪が舞った。

九月初旬であれば、八郎太の生まれ育った江戸駿河台界隈なら、まだ初秋の感覚である。晴天が続き郊外の山々でやっと紅葉が色づき始める頃だ。やはり蝦夷地は――否、北海道は、よほどの北国であると再認識させられた。

「雪さえ積もれば、こちらのもんだがらのう」

小雪の舞う薄暗い空を見上げ、十蔵は嬉し気に両手をこすり合わせた。

雪が積もれば、雪上に足跡が残るので獲物の追跡が容易になる。雪の重みで笹藪が倒れ、森の中は歩きやすい。見通しが利くようになり、ヒグマやオオカミに待ち伏せされたり、反撃を食う心配も少なくてすむ。さらには、寒さに備えて獣たちは脂肪を蓄え、冬毛を着こむようになるから、肉を食って美味く、毛皮は光沢を増し、良い値がつく。

総じて、狩猟の季節は冬なのである。

十蔵は、時折咳きこみながらも、囲炉裏端にドカと座りこみ、二丁所有している火縄銃の手入れに余念がない。黒色火薬には、鉄を腐食させる水銀が含《ころしぶ》まれており、銃の分解掃除が欠かせなかった。この火薬は水によく溶けるので、喜代に盥《たらい》をもってこさせ、尾栓《びせん》まで外して大胆に洗う。後は乾燥させ、最後に熊脂を丁寧に塗りこむのが十蔵流だ。

「こいつらだばワシの相棒での。こいつらのお陰で、この三十年間飢えずにすんだのしゃ」

よほど手入れがよいのだろう。銃身も機関部も光を鈍く放ち、ことさら重厚に見えた。二丁ともに名匠・嶋屋五郎左衛門《しまやごろうざえもん》の作で〝中筒〟が一丁、大きめの〝士筒《さむらいづつ》〟が一丁。中筒は、洋式銃が導入される以前の旧藩時代、各藩鉄砲隊の主力火器であった。六匁（約二十三グラム）の鉛弾を、二匁半（約九グラム）の黒色火薬で四半里（約一キロ）彼方まで飛ばす。有効射程は一町（約百九メートル）ほど。その距離なら甲冑《かっちゅう》も容易に貫通したが、それを超えると、なまじ弾頭がでかい（径十四ミリ）だけに、空気抵抗を受け威力は半減した。また、所詮は対人兵器であり、ヒグマなどの大型獣を相手にする場合、どうしても威力不足は否めなかった。対策として、半町（約五十五メートル）以内に肉薄し、クマの体に押し付けるようにして撃つのが有効である。半町以内ならたとえ相手がヒグマでも、然るべき狙点に弾が入りさえすれば、倒せるだけの威力を発揮してくれた。

但し、ヒグマはその距離なら、ほんの三〜四秒で駆け抜ける。初弾でよほどの致命傷を与えない限り、強烈な反撃を受けることになる。当然、次弾を装塡する暇はないから、巨大獣相手に山刀《ナガサ》を抜き、立ち木を盾にしての〝白兵戦〟を覚悟せねばならない。つまり、命がけになるわけだ。

もう一丁の士筒は、十匁（約三十八グラム）鉛弾を使用。重量は十五斤（約九キロ）あって肉厚頑丈。四匁（約十五グラム）もの黒色火薬を使える威力抜群の大型火縄銃である。火薬の量と弾頭の重さを見る限り、現代の十二番散弾銃で一粒弾（スラッグ弾）を撃つ場合と、遜色のない威力を発揮したはずだ。

ただ、火縄銃には洋式銃に比べ、構造的に劣った部分が幾つかある——例えば、銃床だ。

洋式銃の銃床は、射撃の反動を肩で、ひいては体全体で支え吸収する構造になっている。

対して、火縄銃のそれは短く、丸く、頰《ほほ》に宛《あて》がって撃ったから、衝撃を吸収することが不得手だった。弾頭重量や火薬量が増せば、威力も増す分発砲時の反動が甚大となり、鉄砲はドンと撃つ毎に、大きく暴れた。結果、重い十匁弾を放つ士筒の命中率は、六匁弾を撃つ中筒に比べても極端に悪かった。これが戦場で、人間相手なら、たとえ急所への狙いが逸れて腕や脚に命中しただけでも、敵兵を無力化させることができただろう。

しかしヒグマと対決する場合、四肢に当てても相手は無力化などしない。痛みに怒髪天を衝き、猛然と猟師に襲いかかってくるはずだ。もし、猟場で巨熊相手に士筒を使うなら、先日の河原での十蔵のように、ヒグマが身近にくるまで発砲を我慢し、相手の急所に銃口を押し付けるようにして撃つしかない。やはり、こちらも命がけとなる次第だ。日頃十蔵が「ヒグマの大物は相手にするな」と繰り返すのも、己が武器の非力さ、欠点を知悉《ちしつ》しているからなのである。

「お主だば、鉄砲の手入れ、すねのが？」

「……………」

朝食時、十蔵からそう言葉を投げかけられて、八郎太は気分を害していた。彼は返答の代わりに音を立てて汁をかき込み、黙々と食事を続けた。

二人のささくれ立った気分を察した喜代が、ソッと箸を置いた。

「ここ一番、ヒグマの前で不発になるど。銃の手入れだけは、怠ってはならね」

聞こえないふりをして食事に没頭した。不躾な態度だとは思うが、それを言うなら、八郎太の「猟師になる気はない」との意向を、頭から無視した十蔵の言葉こそ無礼ではないか。十蔵の言葉を聞けば、八郎太が猟師として後釜に入ることはすでに決定しているかのようだ。その辺りへの反発があり、以前は几帳面にやっていたスナイドル銃の手入れを最近では怠《なま》けている。

「嫌なもんだぞ。不発の時だば『カチン』と寂しく鳴るのしゃ。元より弾は出ね。不思議とクマにはそれが伝わるがら、大口さ開けて『殺すでやる！』と突っこんでくる。怖えど」

「……………」

それでもまだ、黙って食事を続けた。囲炉裏端に、朝から冷たい空気が流れる。

「おい、返事ぐれ、すたらどだ？」

ここでようやく八郎太も箸を置き、命の恩人に向き直った。

「ヒグマ、ヒグマと仰るが、私は別に、鉄砲撃ちになるつもりはありませんから」

「ンだ。そら無理だの。目の悪い鉄砲撃ちだば大成しね。だがら、ワシがいうのはしゃ、罠猟とか、川魚漁とか、山菜や茸を採れと申しておるのしゃ」

喜代は不安気に、二人の男の顔を交互に眺めている。最近の十蔵と八郎太は衝突することが度々だ。八郎太の不貞腐れた態度、やる気のなさを十蔵がなじる——そんな展開が多い。

夏の終わりに、八郎太が佐吉の遺体を回収して帰って以降、さらには兄の投降を知って以降、二人の衝突は頻度を増している。

「ならばなぜ、銃の手入れが必要なのですか？　不発の心配をせねばならぬのですか？　私は罠猟師になるんでしょ？　川魚の漁師になるのではないですか？　鉄砲とか不発とか、関係ないはずだ」

「だがらそちば、蝦夷地に暮らす者一般の心得とすでだな……」

「蝦夷地とはどこですか？　今は北海道ですよ」

「北海道などワシは知らね！　蝦夷地だば、蝦夷地だ！」

「貴方の『おしつけがましさ』は、どうにも我慢がならない」

八郎太は棘のある言葉を吐くと、十蔵と喜代にそれぞれ一礼して席を立った。

（自分が労咳持ちだから、俺を猟師の後釜に据えようって肚が分からんじゃない。しかし、今の俺は、自慢じゃないが、二十間（約三十六メートル）離れると人かクマか見分けがつかんのだ。猟師なんぞ端から務まるわけがない）

たとえ、罠猟師になったとしてもだ。野獣の徘徊する山中を歩き回ることに違いはない。目の悪い自分は狡猾なヒグマの待ち伏せを食らい、非業の死を遂げることになるだろう。

八郎太は母屋を出て、物置小屋に戻り、筵の中に潜りこんだ。

十蔵は命の恩人である。現在は生活の面倒をみてもらっている。偉そうなことを言える立場にないことは、八郎太にもよく分かっていた。でも、十蔵から、高飛車に、まるで親か上役か師かのような顔をされると、やはり不愉快で、つい反抗的な態度をとってしまうのだ。

十蔵が話す庄内弁の、耳にまとわりつくようなネットリとした言い回しや語感が、江戸っ子である八郎太から見れば「御為《おため》ごかしの粘着質」に感じられ、ついつい苛ついてしまう。そういうことも、あったのかも知れない。

「おい、アマク、仕掛けにいくけどな。お主もいがねか？」

昼近くなって、物置の外から十蔵が声をかけた。アマクは、アイヌ伝統の〝置き罠〟の一種である。獣道に弓を仕掛け、動物が通ると仕掛けが撥ねて毒矢が放たれる。このアマクだけでなく、十蔵の狩猟具の幾つかはアイヌ民族の技に倣っていた。

返事をしないでいると、入口に下がる筵を撥ね上げ、挨拶もなく押し入って来た。

（田舎者が！　こういうところが嫌なんだ。俺の気分なんぞお構いなしで、土足でズカズカと棲家にも心にも踏み込んできやがる）

「ほれ、なにを拗《す》ねておるのか？」

「色々教えてもらっても無駄ですよ。私はどうせ死ぬ人間ですから」

「ああ、それだば同じだァ。ワシも死《す》ぬ」

「寿命で死ぬとは言ってない。私はすぐに死ぬんですから」

「ワシも。長いこどはね」

と、咽せるように咳きこんだ。その苦し気な仕草が、かなり芝居がかっている。

（こんな道化のような男と、互いに「死ぬ、死ぬ」と競い合っても、まったく不毛だ）

八郎太は舌打ちし、寝返りを打って背を向けた。

「私は眠い、少し眠ります！」

背を向けたまま叫び、両眼を閉じた。物置の中に、沈黙が流れる。

「や、なにも『死《す》ぬな』とはいうておらん。お主がそう思うなら死ねばええ。そればかりは、お主の勝手しゃ。だども今日ではあんめ？　死ぬのは。明日か？　明後日か？　まだまだ先の予定だろが。ならば、本日のとこだば機嫌をなおすて、アマクさ手伝え、のう？」

「………」

――結局、出猟することになった。この意志薄弱ぶりはどうしたことだろう。師の伊庭八郎から「頑固者」「融通が利かない」と戒められ、同時にその一徹さを愛された奥平八郎太はどこに行ってしまったのだろうか。

（どうもいかん。十蔵殿にかかると、コロリと騙される。無理に押してこないところが曲者《くせもの》なのだ。一旦引くと見せて、搦手《からめて》から攻め込んでくる。俺は、この男が苦手だ）

そんなことを考えながら、葉を落としたエゾヤナギの明るい林を、アマク罠の仕掛けを担いで八郎太は歩いている。

所詮置き罠は確率勝負である。ある程度の数を仕掛けなければ、獲物は獲れない。

ちなみに、ヤジリに塗る毒はトリカブトの根から生成する。アイヌ民族は〝スルク〟

と呼んでいる。完成したスルクの毒性は己が体で調べる。舌の上に微量を載せ、その刺激の強さで確認するのだ。勿論、ヒグマをも倒す猛毒であるから、得心がいったらすぐに吐き出し、口を漱《すす》ぐことが必須だ。それでもしばらくは悶絶することになる。指の股の皮膚が薄いところに挟んで調べる術もなくはないが、十蔵は一言「舌の上が一番確かしゃ」と笑った。

「なしてお主は、死《す》ぬことばかり考える？　ワシだば、百までも生きてど」

八郎太の二間（約三・六メートル）先を歩きながら、十蔵は振り返らずに訊ねた。

「貴方とは、思想が違うから」

「なにが、どう違う？」

ここで十蔵は振り返り、小馬鹿にしたような顔つきで八郎太をのぞきこんだ。

「貴方は目先の利益ばかりを求める。まるで商人だ。私は身も心も武士でありたい。目先の利に転ばず、久遠の価値を求める精神性こそを大事に思います」

「久遠の価値で、腹がくちくなるのか？」

「食えなくなれば、生き恥をさらす前に腹を切ります」

「お主は死《す》んで満足だろしゃ。だども、残された女房子供だばどうする？」

「私は独り身ですから」

「仮定の話をすてるんだ！」

「女の方でも、武士の妻となったその日から覚悟の上でしょう」

「か――ッ。ワシからいわせりゃ、お主だば身勝手だァ」

「……貴方からいわせりゃね。私と貴方は違うから」

二人とも、しばらくは黙って歩いた。

「で、死《す》ぬのはいづだ？」

「いずれね」

「いずれか……ハハハ、まんず、お主は死《す》ねねな」

「や、死にますよ。腹を切ります。余裕です。何十人も同志の死に様を見てきたんだ。私にとって死は特別なことじゃない。どうということはありません」

「同志の方々だば、戦場での勢いで、カッとなって死《す》んだだけしゃ」

「それは酷いッ！　その言葉、取り消せ！」

激昂して歩みを止めた。前を歩いていた十蔵も立ち止まり、振り向く。

「ワシは、同志の方々を侮辱すたわげではねど。時と場合によって、死《す》の重さに軽重があるのは天明の理《ことわり》だァ。ええが、清国では『死《す》だば泰山より重ぐ、鴻毛より軽し』というんだ、よぐ覚えとけ！」

「………」

「なんだ、その面《つら》は？」

「す、す、死《す》だば、って……ハハハ、司馬遷も形無《かたな》しだなァ」

思わず不覚をとった。噴き出してしまったのだ。かねてより十蔵が「死」を「す」と発音することには気付いていた。でも、庄内弁で直截《ちょくせつ》に漢籍を吟じられると滑稽さが倍増し、抑えが利かなくなったのだ。

「お、お主こそ、ワシどごの言葉を侮辱すとるでねが」

「そりゃ笑いますよ。『死《す》だば泰山より重ぐ』って……力が抜ける。ダラッとしていて漢語の歯切れのよさが、まったく感じられない。ハハハ、庄内弁は漢語には向かないな」

久しぶりに笑った。五稜郭の陣地を抜け出した夜以来、笑った記憶が一切なかったのだ。そういえば、泣いた記憶もない。これはもう随分と以前からだ。ただ今回笑ったことで、心の垣根が少し低くなった。十蔵の話を、反発するだけでなく、幾分は冷静に訊けるようになった。

「ふん、どうでもええわい」

不快そうに鼻を鳴らし、十蔵はまた歩き始めた。八郎太も苦笑しながら続いた。

「ワシが言いたいことはしゃ。お主が死《す》ねねのは、卑怯者だからではね、ということだ。腹なんてものは、熱ぐなって、血さ頭に昇って、ワーッと勢いで切るもんしゃ。時を逸したら、人間、簡単に腹なんぞ切れるものではね」

確かにそれはそうかも知れない。でも、腹を切らねば佐吉を裏切ることになる。兄と同じ卑怯を自分も演じることになってしまう。最終的には「切るしかない」と今は考えている。

「泉下の佐吉殿だば、お主が『後追い』することを、そげに望んでおるだろうか？　しェば逆に訊こうか。もしお主が先に死《す》んで、佐吉殿が生ぎ残ったとする。死んだお主の魂は、佐吉殿の死を望むだか？」

幾度も首を振って否定した。そんなこと断じて思うはずがない。

「そうじゃろう。お主と本多佐吉は、幕臣としての意地だか、矜持だかに生ぎようとすた。死《す》のうとすたのではね。生ぎようとすたんだ。違うか？」

「……」

「墓の前でお主は『新政府には決して尻尾は振らぬ』と言ておったの。それだば、とりもなおさず『幕臣としての矜持を捨てることはない』との宣言しゃ。立派なもんだ。でも、死《す》んですまったら、その宣言を実行することはできねな」

「や、死ぬことで矜持を保つんですよ。武士道は、死によって担保されているのだから」

「なるほど。でも時に、死《す》は〝逃避〟を意味するど」

どこまでも生き抜き、矜持を保ち続けるのは苦難の道だ。一瞬で終わる死は、むしろ安直な逃避ともいえるだろう。「死は卑怯者の選択」とでも言われたようで、八郎太は苛ついた。

「結局、貴方は私に『死ぬな』と仰ってるんでしょ?」

「や、それは少し違う。『死ぬな』ではね。死なずに『ただ生ぎ延びて』も大した意味はね」

「?」

「つまり『よぐ生きよ』と申《す》すておる。お主だば本多佐吉を体現し、彼の分まで生ぎるべぎだ。佐吉殿の空蟬《うつせみ》として、武士の矜持を胸に生ぎ永らえろ。それが彼へのなによりの供養だ」

(俺が佐吉を体現する? 佐吉の分まで、佐吉の空蟬として生きる?)

八郎太は、ずり落ちかけたアマクを肩にかけ直し、上り始めた獣道を歩き続けた。

三

「お主だば三十七年前のワシと同じしゃ。辛い目に遭い過ぎで、心だば萎《な》えておる」

太いエゾマツの根方に座り、喜代が用意してくれた弁当を使いながら十蔵の話を聞いた。

「心を立て直せ。元通り誰の助けも借りずに己が足で歩けるようになれ」

「私は、萎えてますか？　例えば、どう萎えてます？」

「お主だばよぐ怒る。癇癪持ちだ。ンだども、一旦笑いだすと止まらね。最前の漢籍云々のときもそうであったの」

駿河台時代、姉と冗談を言いあってよく笑ったものだ。激昂して兄と口論するのは八郎太の日常だった。ごく普通の若者で、尋常に暮らしていた。多少は頑固だが、ある意味健全な、どこにでもいる若者だったのである。

「よぐ怒り、よぐ笑う……一つ足りねのはなんだ？」

「分かってますよ。泣くことです」

「ンだ。お主、ひょっとすて元来、よぐ泣くワカゼだったのではねが？　元々はしや？」

「………」

「だども会って半年、ワシは一度もお主の涙を見たことがね。陰で隠れて泣いておるのが？」

自分でもズッと妙だ妙だと思っていた。いつの頃からか――多分、初めて酷い敗戦を体験した鳥羽伏見以来だと思うが――八郎太は涙を流した記憶がない。勿論、十蔵が言うように陰に隠れて泣いているということもない。

「確かに……以前私は、朋輩たちから〝泣き虫八郎〟と呼ばれていました」

涙は、感情が溢れ出すものなのだから、それだけ心が豊かな証拠なのだから「決して恥じることはありませんよ」と励ましてくれた姉の優しい眼差しが思い出される。ただ、姉が言葉をかけてくれたのは、それだけ八郎太がよく泣いたということだ。気が弱く、臆病で泣くのではない。むしろ負けん気が強く、頑固だからこそ流す悔し涙だ。その涙が出ない。やはり尋常ではない。八郎太の内面で、自分でも気付かぬ内に、なにかが大きく変化している。

敗戦以来の様々な出来事が頭に浮かんだ。九割方は、胸が潰れるような、思い出したくもない不快な記憶だ。悲惨な体験は、当然心を萎えさせるのだが、それ以上に、無力感と言おうか、敗北感と言うべきか、自信の喪失みたいなものの方が、より八郎太を蹂《じゅう》躪《りん》し、自分の心から活力を奪っているように思えた。なにせ昨今の八郎太、闘えば負け戦続きだ。幕府も、箱館政府も、戦友たちも、佐吉すら守れなかった。「自分は、なにをやっても駄目」そんな、自分を嘲弄する言葉を心の中で繰り返したものだ。結果、数多ある心の機構の内「涙を流す」という仕組みだけを、現状では喪失してしまったのかも知れない。

「貴方の仰る通り『私の心が萎えている』として、具体的に私は今後どうすべきですか？」

「まずは、銭じゃな」

八郎太、露骨に顰めて、顔を背けた。十蔵の、こういうところが苦手なのだ。

「銭が気に食わんのなら〝暮らし〟と言い換えたらええ。家禄を失くした武士は惨めなもんだ。潰しが利かん。衣食足りて礼節を知ると言うが、この順番に間違いはねど。まずは暮らしが立つようにしろ。現実を見ろ。お主の好物の精神性など、心がけておれば後からなんぼでもついてくるものしゃ。悪いこどは言わね。手に職さつげろ。お主は嫌っておるようだが、色々な意味で猟師が一番ええと思うど。条件がそろっとる上に、そもそも、お主に向いておる」

「私に、向いている？」

決して猟師という職業が嫌いなわけではなかった。十蔵の思惑に乗せられ、他律的に流されて行くのを不快に——或は、不安に感じているだけだ。

「もしその気があるのなら、ワシだば、ワシの知識のすべてをお主に与える用意があるど」

「………」

かくて八郎太は、十蔵の弟子となった。

剣術の師であった伊庭八郎は精神性を重視した。その指導は「如何に気合で相手を圧倒するか」「如何に己が集中力を高めるか」を要諦としていた。それに対し、猟の師である十蔵は、具体的な技術・知識・工夫を重視する徹底した現実主義であった。教えは簡潔、かつ具体的である。抽象的な表現や精神論が少ないので弟子が道に迷うことはなかった。一方的に教えるだけでなく、ときには八郎太に回答を求め、弟子の考える力をも引き出そうとした。

「精神力でヒグマだば倒せん。獣を倒すのは、知識と鉛弾しゃ」

指導は山の歩き方から始まった。

「お主だば目が悪い。広く山や川の景色どご眺めて、自分が現在どこにおるのか特定することはできねと思う。しェば、どうする？　覚えろ。覚えることしゃ。徹底的に覚えこめ！」

十蔵は、遠目の利かない八郎太に、道標《みちしるべ》となる奇岩や切り株、目立つ巨木の形状、位置関係を記憶させた。猟場の山塊に無数にある尾根筋と沢筋の走り具合を、自ら絵地図に描いて渡し、すべて暗記することを求めた。

「これ全部覚えれば、お主だば山で迷うことはね。行き暮れたら、覚えた道標を手探りでも見つげろ。それを頭の中の地形図に当てはめれば、自ずと小屋までの道が分かる」

巨木、奇岩などの目立った道標がない所では、大木の幹に〝なた目〟を入れさせた。〝なた目〟は、元々杣人《そまびと》たちが〝道標〟としてつけた「ナタによる打ちこみ跡」である。

打ちこむ角度、数などで様々な情報を伝達した。

山歩きでは身支度、道具の選定が命を左右する。獣と闘う前に、寒さや飢えと闘わねばならない。ただ、装束は意外に軽装で、防寒のためにぶ厚く重ね着するようなことはしない。

「どげにしばれても、山さ歩いてる間は、大汗かくもんだァ。厚着はいかん。薄着に限る」

十蔵は、己が猟場に幾つか狩猟小屋をもっていた。天候が荒れ始めたら、無理をせず最寄りの狩猟小屋に向かい、きちんと暖をとり、体を休めるよう指導した。

「でも、小屋がない場所だったら？」

「ワシの猟場だば、精々三里四方（約百四十四平方キロ）だァ。狩猟小屋は二十やそこらある。どんなに離れても四半里（約一キロ）と少しでどこがの小屋に行きつげる」

「もし、猟場以外だったら？」

「自分の猟場から出ねことださ。猟場を外れたら、いさぎよく諦めて引き返すことだァ」

十蔵は山歩きのとき、彼自身が〝タテ〟と呼ぶ七尺（約二・一メートル）足らずの木の杖を携行していた。ヤチダモ、カエデ、ナナカマドなどから自作する。杖としては勿論、熊穴の中を探ったり、鉄砲を立射するときの支柱としたり、なにかと重宝する。特筆すべきは山刀《ナガサ》を先端部に取りつければ、槍として使えることだ。十蔵の山刀《ナガサ》は、柄《え》と刃身とが一体となっている。つまり柄も鉄製だ。柄は中空の円筒状で、タテの先端に突っこめば、そのまま槍の穂先となる。

次には、獣が残す痕跡から、その獣の状態、心情を読み取る術を伝授された。雪が積もった朝には、様々な獣の足跡が雪上に残されている。十蔵は足跡から情報を取り出し、八郎太に披露してみせた。

「足跡の縁《ふち》さ見でみろ。古い足跡だと周りの雪さ溶げで、縁が丸ごぐなる。な、全体が滲《にじ》んで見えねが？　これだば古い。逆に、この縁が鋭利なままだと、その足跡だば新しい。獣は通ったばかり、というこどになる」

しかし、雪の溶ける速さは、その日の気温に左右される。冷えこんだ夜につけられた足跡なら、時間が経っていても雪は溶けず、縁が尖ったままかも知れない。その場合は、足跡の底に、枯葉が落ちていないか、新たな雪が積もっていないか、なども勘案する。要は臨機応変、総合的に山の知識を利用することだ。

足跡からは、体の大きさ、走っているか、歩いているか、なども分かる。

「キツネとタヌキだば、足跡の形だけではなかなか区別はつかねが、キツネは堂々と見通しのええとこさ歩ぐ、タヌキは物陰をコソコソ歩ぐ。それで大体の区別はつぐ」

なるほど――足跡そのものでなく、軌跡を吟味することで得られる情報もあるらしい。動物が残す痕跡は足跡ばかりではない。体毛も重要な手掛りを与えてくれる。森を歩くと、木の幹に動物の毛が付着しているのをよく見かけた。

「これだば、ダニが痒《かゆ》ぐで、シカが木に体さ擦りつげた跡だ」

十蔵は、エゾマツのうろこ状の樹皮が剝離し、浅黒く変色している部分から短い毛を摘まみとり、八郎太に示した。蝦夷地にイノシシはいない。二尺（約六十一センチ）以上の高さから見つかる動物の体毛は、オオカミ、シカ、ヒグマのうちのどれかである。さらに三尺（約九十一センチ）を超すとヒグマかシカに限られる。ヒグマとシカ、毛の判別は容易だ。ヒグマのそれは細く柔らかく、人間の体毛によく似ている。女性の陰毛の感触を思い浮かべれば「間違いっこね」と十蔵は下卑《げび》に笑った。対してシカの毛は太く短く、内部は中空になっている。

「ほれ、見でみろ、この通り」

と、爪で摘まんで折るようにするとシカの体毛は簡単に千切れた。

ヒグマの体毛は、六尺〜十尺（約百八十二センチ〜約三百三センチ）もの高い幹に引っかかっていることも多い。これは雄熊が縄張りを主張して〝背擦り〟をした跡だ。幹の前で二足で立ち上がり、背中や後頭部を幹に擦りつける。大きな雄であればあるほど、高い場所に痕跡を残せる道理だ。

「界隈に棲む他の雄に対すて『俺だば、こげにデカイど。寄らば噛むど』と宣言するとるんだな。言わば、クマ族の高札場であろうかの」

雌熊は、この背擦り跡から、繁殖相手となる頼もしい雄を物色することがあるらしい。

「や、でも若熊なら木に登って、高い所に体毛を残す場合もあるでしょう?」

「ま、確かに……ンだな」

クマたちは、体毛が付けられた高さだけでなく、残された足跡や、尿からの情報を総合して、相手の性別、年齢、大きさを判断しているのでは、と十蔵は結論付けた。


十一月の冷えこんだ朝、ミズナラの森で浅く積もった雪を掘り、落ちたドングリをあさっていた若熊を獲った。尾根筋の雪面に足跡が続いているのを十蔵が発見、二刻(四時間)ほど追跡して、二人で撃ったのだ。八郎太にとっては三回目のヒグマ狩りである。前の二頭が雄の巨熊であったのに対し、今回は同じ雄でも三十貫(約百十三キロ)ほどの小型であった。四〜五歳の若熊であろうか。


前回、瓜畑を荒らしたヒグマを解体したとき、十蔵は八郎太にも手伝わせたが、あえて山刀《ナガサ》を持つことまでは強制しなかった。「よぐ見で、臓物の場所さ覚えろ」とだけ指導されたように記憶している。しかし、今回の獲物に関しては八郎太に独力での解体を命じた。

「ぜ、全部、私がやるのですか?」

「ンだ。ワシだば疲れた。なにごとも経験しゃ。ほれ、やれ!」

途方に暮れたが「ま、やれるところまで」と作業に取りかかった。まずヒグマを仰向けに寝かせる。小型とは言え三十貫、かなり重い。山刀《ナガサ》を胸の上部に刺し入れ、刃を上に向け、浅く皮だけを断つ気持ちで、慎重に下腹部まで一気に切りさげた。茶褐色の皮の下は、純白の脂肪層である。冬籠り直前なので、かなり脂肪を溜め込んでいる。

「この脂さよぐ見ろ。もし鉄砲を撃ち尽くして、刀を抜いてクマと闘うことになっても『斬って』は駄目だ。袈裟《けさ》や胴を抜いても、ぶ厚い脂と筋肉を切るだけで、臓器に致命傷は与えられね。クマだば『突け』。深く突いて『ねじりあげろ』。心の臓、腹や首の太い血管の位置をよぐ覚えておいて、そこに切先さ入れろ。それすか、刃物でクマを倒す方法はねど」

さて、これで胴体中央部に縦の長い切りこみが入った。この切りこみを基点として、左腕、右腕、左足、右足の内側へと切りこみを順次延長していく。四肢の先は、手首足首のところで腕輪を回すように切る。小動物であれば、もうこの段階でほぼ大丈夫。切りこみの一端を握り、強く剝がせば、頭部をのぞいて、グルリと皮は剝がせるものだ。しかし、ヒグマはそう簡単にはいかない。想像していた以上に、クマの皮は剝ぎにくいものであった。脂肪と皮の間に山刀《ナガサ》の切先を入れ、少しずつ切り離していくわけだが、刃が切ったところしか剝がれない印象である。大汗をかく。

内臓の処理に移ると、いたる所から血が噴き出し、八郎太は血まみれになった。で、そうなると、今度は頭がフラフラして気分が悪くなり始めた。十蔵から「お主は、血に酔ったのしゃ」と揶揄《やゆ》された。血に酔う——戦場で武者が斬りあいの最中、返り血などを浴びるうちに興奮し、正気を失くすることを指す。鳥羽伏見で、箱根山崎で、木古内で、八郎太にも確かに覚えがあった。

小型の熊であったが、八郎太は解体に二刻（約四時間）を要し、疲労困憊となった。

「ま、慣れてくれば、一刻（約二時間）以内でほぐせるようになる」

と、十蔵が笑ったが、それに言葉を返す気力すら八郎太には残されていなかった。

「目が悪いというても、見えねわけではねべしゃ。それだば、鉄砲猟のやり方も幾つか知っていて損はね。その内の一つが、ま、『穴熊撃ち』よ」

「アナグマ、ですか?」

穴熊猟と言っても、イタチの仲間の所謂〝アナグマ〟のことではない。越冬中のクマを穴から追い出して撃つ猟法を指す。

「説明すればの……」

ヒグマの越冬穴に忍び寄り、棒で内部をかき回すか、煙で燻すかする。時には銃弾を穴に撃ちこんだりもする。越冬穴の静謐《せいひつ》を乱され、激怒したヒグマが頭を出したところに、銃口を押し付けて撃つ——これなら、視力の弱さも猟の障害にはならないはずだ。

「どげだ?」

「か、かなり荒っぽいというか。命がけの猟ですね」

「あいやァ。なにせヒグマ相手ださけな。ヒグマ猟だば、いつも命がけだァ」

――確かにそうだろう。

ヒグマの中にも不精な輩は多く、かつて他のクマが掘った空穴をちゃっかり利用して冬籠りすることがよくあるのである。ある年、一つの穴で獲っても、数年経つとまた別のクマがその穴に入る。つまり、ヒグマが籠もる穴を幾つか知ってさえいれば、それだけでもう「安定した収入が、約束される」に等しい。猟師にとって、熊穴がある場所の情報とは、まさに資産なのであった。

「や、でも、熊の穴なんてどうやって探すのですか?」

「それだば、ワシが教える」

急に顔を寄せ、八郎太の目をのぞきこんだ。

「実はの、この界隈三里四方(約百四十四平方キロ)に三十やそこらの熊穴がある。長年かかってワシが調べ上げた。それらはすべてワシの財産だが、ワシだばすべてお主に教える」

と、声を絞り、周囲を警戒しながら囁いた――森の中には二人きりしかいないのだが。

「そ、それは、かたじけないことです」

冬中かけて三十の穴を見廻り、その内の一割にヒグマが入っていたとする。三回に一回は逃がしてしまうこともあるだろうから、一冬に二頭獲れる計算だ。毛皮に肉、脂、熊胆——仮に一頭丸々が十両で売れれば年に二十両となる。山の暮らしは、自給自足と物々交換が基本だ。幾ら小判の価値が下がった昨今でも、現金収入が二十両もあれば楽に暮らせる。

「はたして、私にできましょうか？」

「教える。ワシが教える。ただのォ、ワシも虎の子である熊穴を、赤の他人であるお主に教えるのだ。若干の見返りが欲しい」

「見返り？　ぜ、銭なんかありませんよ」

「馬鹿モン、銭だばいらん。ワシはお主に〝貸し〟がある。ここだけ、この点だけ、認めろ」

「〝貸し〟ですか？」

「ンだ。お主からみれば〝借り〟だの」

「………」

「ほれ、認めろ」

「はい、私は貴方に〝借り〟があります」

安請け合いをしたわけではない。十蔵には命を救われた。猟という今後生きる術を伝授された。もうそれだけで、大きな借りがあるのは事実——認めるに吝《やぶさ》かではない。

「武士に二言は？」

「御座いません！」

「うん、うん、それでええ！　これで安心すて死《す》ねる！」

破顔一笑、満足そうに頷き、盛大に咳きこんだ——やはり十蔵、かなりの変人である。

晩秋にかけて、猟場に三十以上もある「十蔵の熊穴」を二人で廻った。まだ越冬は少し先で、今はどこも空穴だ。

「穴入りだば、根雪になる直前だあ。明日から大雪になると奴等には分かるらしい。一斉に穴さ入る。ヒグマだば、冬籠りの穴の場所さ人に知られるのをなによりも嫌がるからな」

だからこそ十蔵、今は穴に近づかない。人が来た痕跡——足跡、匂いなど——が残れば、ヒグマはその穴での越冬を見合わせるからだ。八郎太の視力でも位置を確認できるギリギリの物陰から、それぞれの穴や周囲の地形の特徴を縷々《るる》説明された。八郎太は丁寧に書きつけを残した。

「あの穴だば『トワルベツ・パンケの穴』だ。穴には一つずつ名前さつげておぐことが肝要である。記憶に残りやすいし、近所にある他の穴と混同する危険もないがらな」

ちなみに、パンケは「川下」を意味するアイヌ言葉だ。川上はペンケという。

多くの穴は、疎林地帯の急斜面に掘られていた。北向きの穴も、南向きの穴もある。

「なぜ、疎林で、斜面なんですかね？」

「まんず、木が立て込んでおると、雪が深くならね。穴の入口が雪に隠れねべしゃ。斜面に掘るのは、掘り出した土砂が下さ転げ落ちて、積もらねがらだ」

確かに、残土の土饅頭などがあると、穴の在処《ありか》を教える目印になってしまう。

「穴を攻めるときは、穴の上から近づけ。なにがあっても穴の正面には立つな」

穴の上から攻めるのには理由がある。クマが穴を這い出してくるときには「腹這い」であるから、穴の上から見れば、無防備な後頭部や背中が楽に狙い撃てるのだ。

十蔵の教えには理屈があった。訊けば丁寧に説明してくれる。彼は生来の教師であった。

しかし、熱心な指導は十蔵の体力を奪い、労咳を悪化させてしまう。明治三年の正月を過ぎた頃から十蔵は床から起きられなくなってしまった。それでも、八郎太を枕元に呼んで、講義を続けた。八郎太も森で生き残るために必死で学んだ。

四

明治三年、旧暦の二月八日――早春である。

寒冷地ユーラップ川流域の融雪は、当然遅い。二月の下旬頃に溶け始め、三月下旬にようやく完全に消える。新暦でいえば、四月の末まで「雪が残っている」という話だ。

十蔵の病が重篤化したことは、結果的に八郎太の「猟師としての一本立ち」を促した。まだまだ経験不足だが、いつまでも十蔵に頼っているわけにはいかない。なにせ、大人三人分の暮らしが、八郎太の稼ぎにかかっているのだ。

朝、暗いうちに小屋をでて河原までおりた。前夜、喜代に空模様を見てもらったときには、全天に星が瞬《またた》いていたらしい。本日は快晴のようだ。ユーラップ川を西へと遡り、岩子岳《いわこだけ》山麓の熊穴をのぞいてまわるつもりだ。直線距離でも二里（約八キロ）はある。かなりの強行軍となりそうだ。歩きながら、昨夜、十蔵に言われた言葉を思い出していた。

「ええか、穴にクマが入っておっても、お主独りでは撃つな。そのまま帰ってこい。後日、二人で行って獲ろ」

十蔵は、八郎太に単独での穴熊猟を禁じた。

「お主の腕や度胸を疑うわけではねが、穴熊猟だば独特だァ。せめて一度だけでも、ワシが手本どご見せておぎたい。なにごとも初手が肝心だがらの」

（気持ちは有難いが、なにせあの病状だ。恐らく十蔵殿は、もう猟には行けまい。手本を見せてもらう機会は未来永劫《えいごう》訪れることはないだろう）

一度も実猟を知らぬまま、八郎太が単独で「穴熊を狩る」ことを、十蔵が不安視するのは当然だと思っている。しかし、彼はすでに動けないのだ。否も応もない。もし穴にヒグマが入っていれば「そのまま撃たずに帰る」という選択を、八郎太はおそらくしないだろう。

八郎太は偶発的に一頭、十蔵と共同で二頭のヒグマを撃っている。初の単独猟、なかんずく穴熊猟ではあるが「やれる。俺はやれる」と自分に言い聞かせた。

（遅かれ早かれ、どうせ、俺一人でヒグマと闘うことになるのだから）

そう思い切り、歩みを早めた。

広い河原は雪が堅くしまっており、歩きやすかった。途中、置き罠から凍りついたイタチを回収したり、囮《おとり》の餌となる魚の切り身を交換したりしながら、ユーラップ川を西へ西へと遡行した。この時季でもまれに、居つきのマスなどが釣れたりもするのだが、昨年の秋に大量のシロザケを焼干、保存してあるので、特段食指は動かなかった。

一里半（約六キロ）ほども進んだところで分岐点となり、支流のキソンペタヌ川へと分け入った。キソンペタヌは、ペンケ岳と岩子岳の狭間に深々と分け入る「ユーラップ山塊への進入路」のような渓流だ。左右は急峻な斜面、ヒグマも出没し人は近寄らない。結果、極めて魚影が濃い。十蔵に連れられ二度訪れたが、去年の夏の盛期にはヤマベやイワナを二人合わせて一日で百尾釣った。

正午近く、八郎太の進路を横切るようなかたちで、一筋の足跡が残されているのに気付いた。かなり鮮明な足跡で、左手の岩子岳方向から下って来て、チャラ瀬を渡渉し、右手のペンケ岳へ上っている。初めはエゾシカの痕跡かとも思ったが、近寄ってよく見ると明らかにヒグマのものであった。かなり大きい。巨熊の穴出は遅いのが通例だが、まれに気の早い奴もいるのだろう。ただ、雪上の足跡はとかく巨大に見えるものだ。実際の大きさは雪を掘り、最深部の寸法を測らねば分からない。八郎太は、雪の上に身を屈めて顔を近づけ、まずは縁の辺りの雪を慎重に吟味した。早春の陽光に照らされているのに縁は角張っており、足跡にはくっきりと肉球の跡までが確認できた。少しも溶けた様子が見えない。明らかに新しい。ヒグマは、ほんの数時間前にここを通ったのだ。

手で雪を掘り、穴の底に付けられた足跡の大きさを測る。

前足の横幅は、ゆうに八寸（約二十四センチ）を超えている。かなりの大物に相違ない。

ヒグマの場合、前足幅に、十を乗じた数字がおおむねの体長——頭胴長——鼻先から背筋に沿って尻尾の付け根までの長さと考えていいから、この足跡の主の体長は一間二尺（約二・四メートル）余となる。体重は、越冬明けで消耗しているにもかかわらず、七十五貫（約二百八十一キロ）は下るまい。まさに最大級の巨熊だ。このヒグマを八郎太が独りで獲って帰れば、毒舌家の十蔵に一泡吹かせてやれる。十蔵の肩ばかりもつ喜代の驚く顔も見たかった。

秋、越冬前に脂肪を溜め込んだヒグマの体重は、春先の三割以上も増加する。その脂肪を使い果たした早春に七十五貫なら、秋には〝百貫熊（約三百七十五キロ）〟となっているはずだ。

（ひ、百貫熊か……も、もの凄いな）

足跡は、これから見廻ろうとする「岩子岳の熊穴」の方角から降りて来ている。

（岩子岳で調べる穴は三つだ。その内の一つから出たヒグマだろうか？）

十蔵が床について以来、熊穴の見廻りをあまりしていない。小屋の近くの数カ所こそ一人で廻ったが、すべて空穴だった。岩子岳の熊穴は一つものぞいていない。もし足跡を残している雄熊が、十蔵の穴で越冬し、今朝「穴発ち」した個体だとすれば、八郎太は「百貫熊を獲りそこなった」ことになる。

（ああ、どうせこうなるなら、十蔵殿の回復など待たずに一人で見廻っておくべきだった）

と、今頃後悔しても遅い。ただ、よく見ると、足跡には爪の跡がついていない。ヒグマは急ぐときには爪をたてる。逆に、気ままに遊びながら歩くときは、爪を上げており、足跡に爪跡は残らない。十蔵はよく「爪跡のない足跡なら、追えば追いつく」といっていた。

一瞬「この足跡を追おうか」とも考えたが、やはり止めることにした。傍らに生えているダケカンバの巨木を見て、嫌な記憶がよみがえったからだ。

ダケカンバ——北海道の山野で普通に見られる落葉広葉樹。その樹皮は油分を多く含み、親戚筋のシラカバと並んで焚火をする際の着火材として重宝する。

◇◇◇◇◇◇◇◇

去年の初秋、一人でシロザケ突きに出た八郎太は、十尾ほどのサケを担いで急斜面を登っていた。やっと小尾根にたどり着き、ホッとしてその先の下り斜面を眺めた——途端に凍りついた。二十間（約三十六メートル）下ったところにダケカンバの大木が立っており、その根元に大きな動物がうずくまっているではないか。

（ヒグマだな）

と、直感した。八郎太が担いでいるサケの匂いに誘われ、寄ってきたのかも知れない。いつもスナイドル銃は肩に背負っている。距離は二十間だ。八郎太の目でもヒグマの輪郭ぐらいはしっかり捉えられる。さらには斜面上方からの撃ちおろし――好条件がそろっていた。

(ヒグマはうずくまったまま動かないんだ。輪郭の真ん中を狙って撃てばなんとかなるだろう。穴熊しか獲れないのでは、夏から秋にかけて仕事にあぶれちまうからな)

独力で巨熊を獲って帰り、十蔵と、彼を崇拝するあまり八郎太を軽んずる喜代を「驚かせてやりたい」との功名心も当然あったと思う。八郎太はゆっくりとサケを降ろし、背中のスナイドル銃を前に回した。薬室にボクサー実包をこめ、撃鉄を起こした。左手の指には後詰めの実包を三発挟んで持ち、黒い輪郭の真ん中に向け狙いを定めた。

(立ち木を盾にしてないのはまずいな。でも今動くと相手も動きそうだ。ええい、ままよ)

と、思い切って引金を引いた。

ダダ――――ン!

間髪をいれず次弾を装塡して構える。ヒグマは動かない。

(や、当たってるはずだ)

一発で死んだのだろうか――でも、唸り声一つ聞こえなかった。倒れる様子もない。

ダ――――ン！

二発目を撃ちこんでも動かない。さらにもう一発、輪郭のど真ん中を狙って撃つが、微動だにしない。

（ば、化け物か？）

怖くなり、四発目を撃ちこむと同時に魚をおいたまま、登ってきた斜面を転がるようにして逃げ出した。心に刺さるような痛みを感じた。心の奥底に封印してきた恥ずべき記憶だ。

（またか、また俺は逃げるのか！　逃げては駄目だ！）

自分を叱り、足を止めた。エゾマツの大木の陰に回り込み、後方をうかがう――なにも追って来ない。ホッとした。ただ、もう射撃の成果を確かめに戻る気はなかった。本日の全獲物である十尾のシロザケも放置したまま、その場をコソコソと離れた。

翌朝、微熱がでている十蔵に無理をいって助太刀を頼み、その場所へ戻ってみた。八郎太はスナイドル銃と六匁筒を、十蔵が十匁筒を構えて、恐る恐る斜面を上る。尾根に置いてきたシロザケは、すでに鳥や小動物に食い散らされていた。ま、これは仕方がない。

驚いたことに、ヒグマは前日と同じダケカンバの根元にうずくまっていた。

「あれです」

「あれ、って？」

「ですから、昨日撃ったヒグマです」

「ほう……これは、おぼけたのう」

と、十蔵は八郎太の腕を乱暴に摑み、斜面をくだり始めた。

四発の弾丸を受けたダケカンバの〝瘤《こぶ》〟の前で、八郎太は十蔵から怒鳴りつけられた。

「お主だば、目が悪いのださげ『穴熊だけ獲ってろ』と幾度もいったろうが。そのうち親父《ヒグマ》の晩飯さなってしまうど！」

風雪の強い場所に生育したダケカンバは、幹に大きな瘤を作ることがある。その大瘤が目の悪い八郎太には「うずくまるヒグマ」と見えた次第だ。大失態であった。体調のすぐれぬ十蔵に無理をさせたばかりか、残り少なくなった貴重なボクサー実包を四発も無駄にしてしまったのだから。

◇◇◇◇◇◇◇

キソンペタヌ河畔の雪面に突き立てたタテに寄りかかり、ダケカンバの巨木を見上げながら、そんな五カ月前の出来事を思い起こしていた。

(俺は、穴熊猟師になるんだ。穴熊だけ獲っていればいい。もう、妙な欲はかくまい)

百貫熊への未練はたっぷりあったが、八郎太は足跡の追跡を諦め、予定通り岩子岳への斜面を上り始めた。

はたして百貫熊は、山腹にある〝八番穴〟で越冬したようであった。岩子岳から下って来ているクマの足跡を逆にたどると、八番穴に行き着いたからだ。もうこの穴には今後数年、クマが入ることはないだろう。

「くそッ」

と、舌打ちした八郎太、八番穴を後にした。

やや下って山麓にある〝如月穴〟にもタテを突っこんで探ったが、これも空穴であった。見上げると青空を背景にして、岩子岳の尖った山頂部がぼんやりとうかがえる。もう陽は傾き始めていた。本日は運に見放されているらしく、あまり期待はもてないが、一応は三つ目の〝弥五郎穴〟にも廻ることにした。

弥五郎穴は岩子岳の南麓にあった。峰まで上れば半里(約二キロ)先に雲石峠《うんせきとうげ》が望まれ、絶景だそうだが——目の悪い八郎太には無縁の話だ。

ブナの疎林の南斜面、雪に口を開けた穴はかなり小さく見えた。十歳の教えに従い、穴の上部から接近する。穴は静まったままだ。少し下って穴の横に立った。首を伸ばし中の気配をうかがう。穴の入口の周囲の雪が、薄茶に汚れて見えた。

（これは……いるのかな）

スナイドル銃を雪面にさし、背負子《しょいこ》に縛りつけている十匁筒を降ろし、弾をこめた。スナイドル銃は元込式で、比較的に手早く次弾を装塡できるが、そうはいっても所詮は単発銃であり、連発銃のようにはいかない。まれには不発弾もでる。ヒグマ狩りをする場合、安全のため予備の銃として必ず十匁筒を携行することにしている。

タテの先を穴に突っこんでかき回してみた。唸り声とともに、凄まじい力でタテがもぎ取られる。ヤチダモ製の杖は、そのまま穴の中へと引きずりこまれた。

慌てて二丁の銃を摑み、穴の上へと駆け上った。

（い、い、いるよなァ）

――肝をつぶした。少し息が上がっている。

撃たずに、このまま撤収するという選択肢が、再度頭の端をかすめた。しかし、そのことに関しては最前、自分の中で検討し、すでに結論を得ているはずだ。

（三度目の正直だ。今度は逃げない！　今回逃げたら「逃げ癖」がついてしまいそうだ）

熊穴は再び静まり返った。ヒグマが出てくる様子はない。緊張のためか猛烈な口の乾きを覚え、八郎太は銃口を穴に向けたまま、雪をすくって少し口に入れた。

（十蔵殿が案じておられた通りだ。いきなり穴熊狩りの実戦だから無理もないが、確かに俺は今、動転しているじゃないか。膝が震えているじゃないか。ハハハ……でも、やらなきゃならん！）

陽はさらに傾いてきていた。時間ばかりが空しく過ぎていく。陽が落ちれば、八郎太は撤収するしかない。ヒグマの勝ちだ。このままでは埒《らち》があかない。彼は、穴を横に見る位置にまで慎重におりてみた。

「なにがあっても、穴の真正面にだけは立つな」

――との十蔵の教えは遵守した。

「ほら、観念して出て来い！」

と、怒鳴り、穴に向け一発撃ちこんでみた。

ダ――――ン！

静寂の雪山に銃声が陰々と木魂した。銃声に驚いた幾羽かの小鳥が梢から飛び去った他は、なんの変化も起こらない。熊穴の中からもまったく反応がない。熊穴は一様ではない。穴が深かったり、中で曲がったりしていれば、外から山勘で弾を撃ちこんだところで、ヒグマには命中しないものだ。

素早くスナイドル銃を操作して排莢、左手の指間に挟んでいた実包を一発、薬室へと装塡した。空薬莢は雪の上に落ちたが、まだ煙を上げている。硫黄の匂いが鼻をついた。腹の弾帯から新たな一発を左手の指間に補充する。すべて十蔵に習った通りだ。

「ん？」

一瞬、生温かく饐《す》えた干魚のような匂いが八郎太の鼻をついた。穴の中でヒグマが動き、中の空気が押されて漂い出てきたのだ。

（で、出て来る！）

八郎太は機敏に反応した。また斜面を駆け上り、熊穴の上方から穴をまたいで見おろす位置に陣取った。火縄銃を雪に突き刺し、スナイドル銃の銃口を穴口へと向けた。足元からヒグマがうごめく気配が伝わる。穴口は二尺（約六十一センチ）に少し足りない幅だ。中のヒグマが大物なら問題はない。狭い穴口を這い出るのに手間取るから、その隙に撃てばいい。でも、小型の雌熊や若熊であった場合は、一気に飛び出して来るので警戒が必要だ。

八郎太は銃を握り直すと、右足でドンと雪面を踏んでみた。

「ほら、出て来いよ！」

怒鳴った刹那、巨大な頭がニュッと出た。でかい——穴口の横幅一杯一杯だ。むしろ、どうやって入ったのだろうか？　銃口のすぐ先にヒグマの後頭部がある。弱視だろうが、老人だろうが、女子供だろうが、引金を引けば必ず当たる。

（まてまて、ここで撃っては駄目なんだったな）

このクマは大きい。少なく見積もっても六十貫（約二百二十五キロ）はあるだろう。

今、慌てて撃ち殺し、穴の中にズリ落ちられたら、それを引き出すのに大難儀することになる。一旦小屋に帰り、里人に応援を頼む手もあるが、その場合は熊穴の場所をみなに知られてしまう。熊穴は猟師の、八郎太の財産である。穴の場所を秘密にするからこそ価値が生まれるのだ。

――だから、慌てて撃たない。もう少し穴から這い出るのを待ち、片腕が出てきた頃合いで撃てば、穴の中にズリ落ちる心配はない。

(もう少し、もう少しだ。まだまだ。まだ撃つな)

右腕が出てきた。雪に肘を突っ張る感じで体を引き出そうとしてもたついている。八郎太はヒグマの後頭部中央に狙点を定めた。照星と照門が交わった先に、褐色に一部金毛が混じった大きな後頭部がモゾモゾと動いている。

(成仏しろよ)

と、心中で念じ、静かに引金を引いた。

ダ――――ン!

結果を見る前にスナイドル銃の薬室を開いて排莢、次弾を装塡、撃鉄を起こした。やはり雪の上の空薬莢から硝煙が立ちのぼっている。初弾でクマは逝っていた。頭と右腕を穴から出した状態のまま雪の中に突っ伏している。至近距離から撃ちこまれた強力なボクサー弾頭が頭骨内に侵入し、決して大きくないヒグマの脳を完全に粉砕しているはずだ。ただ、まれに頑丈な頭骨の湾曲部に沿って弾かれ、頭蓋内部に弾頭が達していないことがある。その場合でもヒグマは一時的に失神するので、仕留めたつもりの猟師が無警戒に近づくと大逆襲を食う。猟師が返り討ちに遭って命を落とすのはこんな時だ。

八郎太はスナイドル銃を構え、慎重に穴の上から降りた。十蔵の教えに従って銃口を首筋に宛がう。息があるようなら、いつでも撃てる体勢だ。鼻と口から大量の血が滝のように流れだしている。銃身の先で突いてみる。ヒグマの体がグニャグニャと揺れた。ヒグマは完全に事切れていた。

ヘナヘナと雪の中に座りこんだ。最初のヒグマは、覆いかぶさってきた相手に向け発砲し、それが偶《たま》さか急所を射抜いただけのことだった。後の二頭は十蔵と二人で撃った。単独でヒグマに戦いを挑み、撃ち倒したのはこれが初めて——ある種の感慨が胸に押し寄せた。

生まれて初めてヒグマを間近で見たとき、その圧倒的な大きさにうちのめされた。大袈裟でなく腕が、駿河台の屋敷の庭にあった松の古木の幹ほどもあったのだ。その森の王者が今、八郎太の傍らに血を流してのびている。すでに彼は八郎太の獲物だ。所有物に過ぎない。

「や、やった……と、獲った」

声が震えていた。知らぬ間に銃をおき、座ったまま両の拳を強く握りしめていた。噛みしめた奥歯が、耳の内側でギシリと鳴った。

はるか遠くの山から、オオカミたちの遠吠えが長く低く流れてきた。歌うような、叫ぶような、胸を締めつけられる声だ。まるで新たなる森の王者の誕生を祝福しているようにも聞こえた。飛び跳ねるように立ち上がり、生まれて初めて──八郎太は、踊った。

五

労咳が悪化して十蔵が寝たきりとなり、単独での猟を始めた明治三年の冬、八郎太はさらに別の穴で一頭の若熊を撃ち、都合二頭の穴熊を獲った。

「か───ッ。遂に両眼が開いたか。これだば、まぐれではねな。ワシの言うた通りになったべしゃ。お主だば、猟師に向いておる。ワシには最初から分かっておったのしゃ」

と、病床の十蔵はとても喜んでくれた。

「目こそ悪いが、度胸の据わっておるお主には、穴熊猟は、うってつけの猟法であったな」

多くの仲間の死に立ち会い、幾度も死線を越えてきた八郎太である。早い話が「いつ死んでも構わない」「所詮は余禄としての人生だ」との達観した思いが心の底に宿っており、通常は死の恐怖からくる「怯え」「動転」などが少ないのだろう、と十蔵は分析してみせた。

「そんな大層なことではないでしょう。たまたまですよ」

「なんも、謙遜することはないべしゃ。立派なお主の資質ではねが」

「………」

一瞬、嫌なことを思い出し、八郎太は押し黙った。

「ここだけの話、ワシだばな。初めてヒグマと相対した折には、小便を粗相してしまってな」

「………」

「どすた？　また無口の八郎太殿に逆戻りか？」

居たたまれない気持ちとなり、十蔵に一礼して表へ出ようと立ち上がった。

「おい」

「………」

「まだなんぞ腹に抱え込んでおることさあるのなら、早めに吐いて、楽になれ」

八郎太、もう一度頭を下げ、板戸を開けて退出した。

　それから数カ月が経った頃、ヤマベ釣りから戻った八郎太は、十蔵の枕元へと呼ばれた。

「どげだ？　釣れたか？」

「イワナ沢でヤマベが五十ほどです。腸は出してきましたから、焼干は裏でやります」

イワナ沢——十蔵の小屋から北へ尾根を幾つか越えてたどり着く沢だ。直線距離にして一里（約四キロ）弱。イワナがよく釣れることから十蔵はそう呼んでいたが、アイヌ言葉ではエカシナイ川という。ユーラップ川の支流トワルベツ川に流れこむ支沢の一つである。

「なして裏で焼ぐ？　そごの囲炉裏で焼げばいいしゃ」

「や、十蔵殿がお暑いでしょ」

七月ともなれば、さすがの北海道でも暑い。セミも鳴くし、汗もかく。

「や、たとえ暑ぐども、お主の手柄話ばとくと聞きたい」

「手柄話って……」

焼干は、串を打った魚を炎から離して立て、遠火でゆっくりと焼きしめて作る。脂が抜け、それだけでも日持ちするが、さらに紐で縛って天井から吊り下げ、干魚にすれば保存食となる。ただ、五十尾ともなると、焼くのが大手間だ。大汗を流して焼干を作りながら、病人に本日の猟場での出来事を話して聞かせた。

「川岸の砂にクマの足跡がありました。足跡の窪みにしみ出た水が、まだ濁ってましたよ」

「お主の気配で逃げだな。まだその辺にいだぞ」

「釣り始めた頃、誰かに見られているような、嫌～な気分がしてましたからね」

「おお、その感触だば大事にせねばの。猟師には勘働きが大事だ。ワシもヒグマが傍に隠れておると、背筋がゾッと凍えたものしゃ」

十蔵の言う通りだ。目の悪い八郎太にとって、今後「猟師の第六感」は、ときに生死を分ける重要な要素になるやも知れない。

「お主、釣りをする折、鉄砲は？」

「勿論、背負っていました」

「なら、出てこねな。クマだば、鉄砲の怖さよぐ知っておるでな」

「なるほど」

ここで十蔵、やおら布団から身を起こした。室内をうかがい、八郎太の他に誰もいないことを確認している風だ。

「それにすても、イワナ沢かァ」

と、溜息まじりに呟いた。少し芝居がかっている。

「すぐそごでねが。二里（約八キロ）と少し歩けばクマが徘徊《うろ》ついでおるのか……ここだば、おっがね土地だァ」

「？」

「そげな、おっがね土地に若い女子《おなご》一人残すで……ワシ、心配で死《す》にきれね」

「喜代さんのことですか?」

「ンだ。喜代だば、この先どうすだらええのだろの?」

十蔵は声を絞り、喜代を山の生活に引き入れたことが「自分の我儘であった」「間違いであった」と幾度か呟いた。

「でも、死にかけていた彼女を、貴方は蘇生させたわけですし」

「寂しかったのしゃ。孤独が辛《つ》れかったのよ。だがら喜代をここへ連れできだ。でも、今は間違いであったと思う。ワシの我儘だったァ」

「そんなこと、今更仰ったって」

「ンだ。後悔すても始まらね。したば、どする? 現実に、あの女の将来を考えでやるのがワシの道義だ。違うか?」

「はい」

「ワシが死《す》に、喜代一人でここには住めね。きっと江差か山越内さでるだろ? 身よりはね。手に職もね。喜代だば、また女郎に戻るごどになる」

「………」

「それだけは、なんどすでも……時に、話は変わるが。お主の命だばワシが助げだ。あれは今でも〝貸し〟のままだの?」

「勿論、私が〝借り〟たままです」

「ワシの見づげだ熊穴どご全部教えだのも〝貸し〟だな？」

「まことに〝借りもの〟ばかりで、すみません」

と、思わず平伏した。

「したば、その恩義を今返せ」

「今？　はい、お返しします」

「お主、喜代と夫婦《めおと》さなれ」

「！」

当惑して、十蔵の目をのぞきこんだ。

「今、恩義は返すと言ったではねが！」

「しかし、喜代さんのお気持ちも……」

「お気持ち？　そげなもんは二の次しゃ。まずこの糞寒い土地で、クマやオオカミのうろつく山中で、生き延びることが先決だろが？　気持ちなどは後からついてぐる。お主だば猟師とすて銭を稼ぐ、喜代は猟師の女房とすてお主を支える。ワシは後顧の憂いなぐあの世さいげる。三方丸く収まるのではねが？」

「……」

「恩義は返すとお主は言った。武士に二言は？」

「「わ、分かりましたよ！」

「しェば、嫁さもらってくれるが?」

「は、はい」


遂に、折れた。この先どうなるのか見当もつかなかったが、なにしろこの場は「ははい」と応えるしかなかったのだ。しかし、その後、十蔵はこの話を封印した。

「お主だば知らぬ顔をすておれ。お主のような朴念仁《ぼくねんじん》が動くと纏《まと》まる話も壊れてすまう」


十蔵が喜代にどう伝えていたか、八郎太には分からない。ただ、夜に物置で寝ていると、十蔵の小屋からは度々言い争う声や、喜代の嗚咽が漏れ伝わってきた。顔を合わせても喜代は八郎太の顔を見ようとしなくなった。事態は悪い方向に進んでいるとしか、八郎太には思えてならなかった。

「無理強いするのはよくないです。やはり、こういうことは気持ちの問題ですから」

「お主に、女心のなにが分かる?」

「や、でも前の夫が……つまり、貴方のことですが。まだ生きているのに……あ、すみません。後釜の話をするのは如何にも生々しく感じられませんか?」

「単刀直入でええではねが? それに、このままワシが死《す》んだら、おめ方だば絶対に夫婦さならねだろ? 結局二人して野垂れ死にだァ。共倒れだァ。ワシは死んでも死にきれね」

（ま、その点は分からぬでもない。あながち外れてはいないのだろうな）

「ええがら、ワシにまかせでおげ。上手いごど、口説きおどしてみせるがら」

「く、口説きおとすって、そんな女衒《ぜげん》のような」

「な、なにが女衒かっ！　命の恩人に対して無礼ではねが！」

「も、申し訳ありません」

――と、そのような会話を交わした三日後、八郎太は喜代と祝言をあげた。

祝言といっても、十蔵の前に二人並んで座り「夫婦の誓い」を宣言し、生涯仲良く暮らす旨の念書を書かされただけだ。喜代は能面のような顔をして終始うつむいたまま。十蔵は二人がそれぞれ書いた念書を幾度も読み返した後、自分が死んだらこの念書を「遺体とともに、墓に埋めるように」と八郎太に託した。

「ああ、これで思い残さず死《す》ねるわい」

と、一言呟いて、激しく咳きこんだ。

北国に秋風が吹き始めると、十蔵は次第に体力を落としていった。終日熱に浮かされ、大量の血を吐き、食事もとれずに痩せ衰え「なんとか生きている」状態だ。喜代は甲斐甲斐しく病人を介護していたが、夏に夫婦となったばかりの八郎太と打ち解けることはなかった。

ここ数日、八郎太は、山に入る里人のため、スナイドル銃と十匁筒を抱えて、護衛役を務めている。

「猟師と里人だば、共存共栄が肝要しゃ。お主が鉄砲で里人を護れば、彼等は猟師を頼り、猟師に良い顔ばすてくれる。里人を敵に回すてはならね。実のところ、里人は皆な、お主が五稜郭の落武者であることさ知っておる。あえてそれを口にすねのは、お主がワシの後釜となり、ヒグマやオオカミから里を守ってくれると、期待すておるからなのしゃ」

秋の山は、堅果や漿果、茸《きのこ》などが沢山穫れる。里人は山に入りたいが、越冬を控え食欲旺盛なヒグマと遭遇するのが、なにしろ怖い。そこで、八郎太に護衛を頼むのである。

十人ほどの里人を引率して森を歩く。尾根を越える毎に、十匁筒を空に向けてドカンと発砲した。ヒグマ避けである。この一発で、その尾根から沢筋にかけて、殆どの獣は姿を消す。

火縄銃の弾丸は、囲炉裏端で鉛を煮溶かし、手作り可能だ。鉛と黒色火薬さえあれば幾らでも補充が利く。対して、弾頭の形状が独特なスナイドル銃用ボクサー銃弾の手作りは困難だ。弾の残りが心細くなれば、補充は函館に注文するしかない。だから、スナイドル銃は「ここ一番の勝負時」にしか撃たない。獣避けに、空に向けて撃つ場合などは火縄銃を使う。

終日護衛を務めると、帰り際には持てないほどのナメコやナラタケ、コクワやヤマブドウなどを分けてもらえた。こうして交流が生まれると、米や塩などの必需品を格安で分けてもらえる。代わりに八郎太は、鹿肉や熊肉、ときには熊胆などを供給して感謝された。持ちつ持たれつ、八郎太は少しずつユーラップ中流域の里人社会に溶け込んでいった。


ある好天の日。十蔵は「ユーラップ川が見たい」と無理を言い出した。喜代と話し合った上、八郎太が病人を横抱きにして小屋を出て、川を見おろす畑の端――シナノキの根方に幾枚か筵を敷き、十蔵を横たえた。

「話というのは、他でもね」

喜代が小屋に戻ったのを確かめると、十蔵は八郎太を傍らに呼び寄せた。

「ヒグマ撃ち、どだ?」

「やり甲斐があります。大熊を撃ち取った後など、全身を熱い血が駆け巡ります」

八郎太、単独で三頭、十蔵と二人で二頭のヒグマを獲っている。

「それはそれでええ。その高揚感が、お主の萎えた心を徐々に修復すてくれるやも知れん」

（ま、俺の心を癒すための犠牲となり、鉄砲で撃たれるクマは、いい迷惑だろうがな）

「ワシだば、人殺しの凶状持ちだがら、山を下りるわけにはいがねかったが、お主だば違う。箱館の落武者で重く罰された者などおらん。だがら、いつか心が癒《い》えたとき、お主は山を下りるべきしゃ。もっとお主らしい生き方どご、探すべきだと思うど」

「私は、このままでいい……」

しばらく考えてから八郎太は応えた。

「また例の〝佐吉の思い〟か？」

「……」

「ワシなりに佐吉殿のことも色々と考えてみた。結論からいえばの。〝佐吉の思い〟なるものが独立して存在すているわけではねと思うぞ。〝佐吉の思い〟を造りだすておるのは、畢竟《ひっきょう》、お主自身の〝心の闇〟だとワシは睨んでおるのしゃ」

罪の意識、劣等感、自信のなさ――言い方はなんでもいい。自らの価値を不必要に、或は病的に低く評価する情緒のことだ。今や八郎太の心は空虚でスカスカな状態である。敗戦、仲間の死、兄の裏切り、目を悪くしたこと――様々の要因が重畳《ちょうじょう》してそうなった。内側が空虚であれば、外側からの圧力には抗しきれない。外圧で押し潰されるのを防ぐために、ありもしない〝佐吉の思い〟なる大義で心の内側を充填《じゅうてん》し、なんとか内外の圧力的均衡を保っている――それが「現在のお主の姿である」と十蔵は分析してみせた。

「幻影しゃ。ありもすねものに頼るのは、不健全であるから『止めよ』と申すておる」

「や、ありもしない幻影ではないのです」

ポツリと、言葉が口をついて出た。生涯、誰に話すつもりもなく、むしろ忘れたく思い——同時に「忘れてはならない」と自ら戒めていた話だ。

「実は、私は逃げたのです」

「ん？」

「去年の五月。貴方に助けてもらったあの山中で、私は佐吉を見捨てて、逃げたのです」

◇◇◇◇◇◇◇

「八郎太、なにをしている！　すぐ起きなさい！」

姉が夢に出て来て、怖い顔で八郎太を叱った。

ふと目覚め、辺りを見回した時、すでにヒグマは佐吉を抱え込んでいた。佐吉はまだ生きており、必死にクマの顔を拳で殴っていたが、クマが動じる様子は見えなかった。

高熱に浮かされ、朦朧とした八郎太の目には、クマの姿は、ことさら巨大に見えた。

傍らのスナイドル銃を摑み、一旦はヒグマに向けたが――ここで発砲すると、クマが自分に気付き、こちらへ向かってくるような気がして引金を引けなくなった。気が付けば八郎太は逃げ出していた。四つん這いになって進んでいた。

「は、八郎太さん、助けて！」

背後から佐吉の声が追ってきたが、八郎太は歩みを止めず、クマイザサの藪に潜りこんだ。

◇◇◇◇◇◇◇◇

「これは……おぼけたのう」

「今も時折、彼の助けを求める声が聞こえます。だから『佐吉にすまない』というのは決して私の心が作り出した幻影などではない。私は、本多佐吉に大きな借りがあるのです」

小鳥の囀《さえず》りが聞こえる。小春日和であった。眼下には大河が滔々《とうとう》と流れているはずだ。

「これは、おぼけたのう。や、お主が逃げたことにおぼけたのではね。お主が、それを口にすたことにおぼけたのしゃ」

十蔵は、八郎太が戦友を見捨てて逃げた事実に、なんとなく気付いていたという。

「お主だば、寝言では饒舌《じょうぜつ》だからのう」

「私は、寝言でしゃべったのですか？」

「ハッキリとではねが、大体の想像はついた。このことだば、喜代にも、誰にも話してはおらん。ワシはもうすぐ死《す》ぬ。お主も、忘れることだ」

「わ、忘れられないんですよ！」

「前にも話すたが、ワシは初めてヒグマさ間近で見た折、小便さ漏らすた。お主の行為を卑怯だと非難する者がおるとすれば、それは現実を見ぬ夢想家だ。口ではなんとでも言えるがらの」

「……………」

「人だば己の意思に従い自在に生ぎたいものしゃ。でもの。時には誰かに手さ曳《ひ》がれて、誰かの言葉に従って、絆《ほだ》されて生ぎた方が楽な場合もあるど。心が病《や》んでおるときは特にそんだ。ワシだばお主に『森に生かされる道』をすすめる。草をシカが食い、シカをクマが食い、クマをお主が食い、お主の糞が……或は亡骸が、養分となって草を育てる。その森の堂々巡りの中さ組み込まれてすまえ。楽だど。なにも難しいこどは考えねでえぇ。単純に生死の循環の中さ組み込まれてすまえ。よぐ寝て病気さ治すようなもんしゃ。その内、お主の心も癒され立ち直る。例えば涙しゃ。もし将来、普通に泣げるようになったら、もう大丈夫。その時は喜代を連れて、山さ下りろ。ええが間違うな、お主の答えだば、この山中にはねど」

明治三年（一八七〇年）旧暦の十月。

元庄内藩士・鏑木十蔵は、八郎太と喜代に看取られて静かに逝った。享年五十九。蝦夷地ユーラップ河畔に隠棲して三十七年、生涯でヒグマを六十八頭、シカが九十二頭、オオカミは三十二頭、さらには同僚であった武士一人を手にかけ——そして、二人の若者の命を救った。

「死《す》んだら、ワシだばやはり地獄行きだろな。いっぺ殺《あや》めだがらな」

死の床で、十蔵は消え入りそうな声で「現実主義者らしからぬ不安」を口にした。

「私と喜代さんは、貴方に救われ、生かされました」

枕頭に控える八郎太が応えた。囲炉裏端では喜代が顔を伏せ、黙々と繕《つくろ》い物をしている。

「だども、差引勘定だば……殺めだ数が多い」

「地獄か極楽かは請け合いかねますが、貴方の菩提は私と喜代さんできちんと弔います。墓も建てるし、毎日線香も焚《た》く。ね、喜代さん？」

「へい」

喜代は繕い物の手を休めずに、深く頷いた。

「ほら大丈夫。二人で一心に供養すれば、きっと閻魔様も大目に見てくれますよ」

「そうがァ閻魔様がのう……まごとに……ありがてこどだの……」

――それが最期の言葉となった。

そのまま深い眠りへと落ち、目覚めぬまま、夜半過ぎにひっそりと息を引き取った。

翌朝、幾人かの里人が弔問に訪れた。驚いたのは、立派な顎鬚《あごひげ》をたくわえたアイヌの古老が花を手向けにきてくれたことだ。聞けば、十蔵に蝦夷地での狩猟、特にヒグマ狩りの手ほどきをしたのは彼であった。確かに、十蔵の猟法にはアイヌ民族の狩猟伝統に倣ったものが多く、それは現在、そのまま八郎太に引き継がれている。その返礼として十蔵は、この翁が山越内の交易所で商人と取引きするとき、度々同道した。狡猾な和人に騙されぬよう睨みを利かし、時には自ら交渉役を買って出た。

持ちつ持たれつ――如何にも現実主義者・実践家の十蔵らしい逸話と感じ入った。

遺体は、佐吉の墓の隣に埋めた。墓穴が獣に掘り返されぬよう、佐吉のそれと同様に四尺（約百二十一センチ）以上の深さまで掘り、ユーラップ河畔の丸石を運んで円錐形に積み上げた。

喜代は、終始黙って忙しく立ち働いていた。弔問客の中には、彼女の今後を心配する者もいたが、喜代は微笑み返すだけで無言を通した。

数日が経ち、暮らしが落ち着いても、八郎太は相変わらず物置小屋で寝泊まりしていた。喜代との会話は殆どない。必要最低限の言葉を交わすだけだ。手がすくと、喜代は十蔵の墓の前に座りこみ、ぼんやりと墓石を眺めて過ごしている。若干、病的な印象がなくはなかったが、どう声をかけていいのか八郎太には分からなかった。

(ま、よほど辛いのだろうさ)

干渉しないことにして、自分の仕事に没頭した。そろそろ冬本番である。猟師にとっては書き入れ時だ。八郎太には、三丁ある銃の手入れ、置き罠やくくり罠、アマクの修理、シナノキの樹皮繊維を使って縄を編む——等々、やることが山とある。忙しさにかまけていれば、喜代のことを考えないで済むのが有難かった。

ある日、夕餉の後、席を立とうとした八郎太は「話がある」と喜代に呼び止められた。

「なにか?」

「今後のこど、話し合うておがねば、と」

「はい」

と、改めて座り直し、喜代に向き合った。

「まず申しておぎたいことは、私だば貴方の妻ではね、ということでがんす」

「でも、夫婦の誓いを交わしたでしょ?」

「あれだば、十蔵様の手前しかだなぐ、形の上で誓っただけで、本心ではありましね」

「……」

「私だば、未来永劫、十蔵様の妻でありたい。その……身も心も」

喜代は俯き、囲炉裏の炎を見つめている。八郎太にも、彼女の言わんとすることはおぼろげに伝わった。

「私は今まで通り、物置で寝ます。一応、貴女のことは妻だと思って接するが、無理に閨《ねや》を共にすることは求めません」

「や、別に閨がどうとかは……」

喜代がしどろもどろになった。

（でも、結局はそういうことだろう）

八郎太にも性欲はある。美しく、豊満な喜代に性的な関心がないわけではない。しかし、嫌だという女を無理に抱こうとまでは思わなかった。ただ、夫婦であることそれ自体は譲るつもりがなかった。そもそも、二人が夫婦になることは恩人である十蔵の悲願である。八郎太と喜代は、その旨を誓約し、念書までいれている。今更「あれは嘘八百で、我々は夫婦ではない」と開き直れば、泉下の十蔵は悲しみ、激怒するに相違ない。

「貴女はここ、私は物置で寝る。それでも二人は夫婦です。今後は貴女のことを〝喜代〟と呼び捨てることにします。いいですか？」

「……」

一瞬だけ、喜代は顔を強ばらせたが、それでもしばらく考えた挙句に頷いてくれた。

(ま、夫婦も色々だ。別段「閨を共にする」とまでは念書には書かなかったわけだしな)

と、納得して席を立った。

以降、物置小屋に寝泊まりしながら、八郎太は猟人としての生活を続けた。そして数年後には「穴熊佐吉」との異名を取る、この界隈では知らぬ者のない「腕利きの羆撃ち猟師」となっていたのである。

第三章

新しい時代

一

明治二年五月の五稜郭開城以来、榎本武揚ら七名の蝦夷共和国首脳は、東京辰ノ口にある兵部省軍務局糾問所の獄舎に繋がれていた。

下って明治五年一月、榎本らは特赦を得て二年七カ月ぶりに釈放された。北海道開拓使次官・黒田清隆《くろだきよたか》が奔走、ようやく獲得した特赦である。

薩摩出身の黒田は、箱館戦争では新政府側の参謀を務めたが、旧幕側の人々を排除するのは「人材の浪費」との固い信念を持っていた。木戸孝允《きどたかよし》ら長州閥は特赦に反対したが、黒田が必死に説得、なんとか押し切ったかたちだ。

「今は明治、新《に》か時代《じで》あいもす。戊辰の恨《うら》んなど忘《きやあ》るべきです。薩摩も長州も会津もなか。あっとは日本国だけでごわんど」

木戸らを説得するために、頭髪を剃って坊主頭にするようなことまで、熱血漢で大酒飲みの黒田はやった。

釈放以来、親族の家で謹慎していた榎本は、三月六日には放免され、翌々日の八日付けで開拓使に四等職出仕として任官した。放免直後の任官――黒田の榎本への並々ならぬ入れこみようがうかがわれよう。

与えられた仕事は——北海道内の鉱物資源探査だ。榎本は軍人、政治家の他に科学者としての顔をもっていた。黒田はそこに目をつけ、期待を寄せたものと思われる。

一方、奥平喜一郎は、八郎太との一別後、五日間ユーラップ山中を彷徨《さまよ》った。沢の水を呑んで飢えをしのぎ、脱出の機会をうかがっていたのだが、一頭のヒグマに付きまとわれ、恐怖から心が折れた。山越内まで進駐していた新政府軍部隊に投降したのは、六日目の早朝。

その後は、約千名の蝦夷共和国側投降兵とともに、弘前藩などに預けられた。釈放されたのは翌明治三年だ。二年後、釈放された榎本と東京で再会した喜一郎は、彼の勧めで開拓使庁に出仕、榎本の下で働くこととなった。

——以上が、明治六年五月までの経緯である。

ちなみに、明治六年一月一日から旧暦は廃止され、新暦（グレゴリオ暦）が採用された。これ以降、本作における日付も、すべて新暦で記述することとしたい。

開拓使次官として黒田は、道南の鉱山採掘に期待を寄せており、地質学に明るい榎本を山越内・熊石《くまいし》に派遣することに決めた。勿論、榎本探査隊には直属の部下である奥平喜一郎も参加する——明治六年初夏のことだ。

榎本探査隊は、主に日本海側の熊石で石炭鉱を調査したが、並行して榎本は、奥平喜一郎他一名を本隊から離して別働隊とした。今は採掘を中止しているユーラップ鉱山を探査させることにしたのだ。喜一郎にとっては四年ぶりのユーラップである。

ユーラップ鉱山では旧幕時代から鉛、亜鉛、マンガン、銀などの採掘がおこなわれていた。開山は延宝七年（一六七九年）である。文久二年（一八六二年）には、幕府に招《しょう》聘《へい》されたアメリカ人鉱山技師、ラファエル・パンペリーとウィリアム・ブレイクが鉱石採取をおこなっている。ちなみに、この時二人は「発破」を使用した。爆薬を使った鉱石採取は本邦初である。

ユーラップ鉱山へいくには、ユーラップ川の支流である鉛川を遡行せねばならない。喜一郎は、下僚一人に案内の里人二人を率い、草の生い茂る踏み分け道を、鉛川に沿って南下していた。周囲ではエゾハルゼミが五月蠅《うるさ》いように鳴き競っている。

かつて山中で付きまとわれた経験から、喜一郎はヒグマを極度に恐れていた。熊避けの馬鈴を鳴らし、下僚には高性能のスペンサー連発銃を、里人の一人には火縄銃を持たせ、周囲を警戒しつつ森の道を進んだ。スペンサー銃とは、戊辰役で、会津藩砲術師範山本権八の娘が振り回した、件《くだん》の連発銃である。

喜一郎はこの時、開拓使庁の書記――十等職の判任官、俸給は四十円である。陸海軍の少尉が九等職判任官で俸給五十円というから――ま、大体そのくらいの身分だ。一人馬に乗り、三つ揃えの背広に長靴姿。鼻の下には立派な口髭《くちひげ》をたくわえている。

如何にも、明治の官吏然とした風貌だ。

　その日はよく晴れて、初夏の陽射しは強かったが、鉛川沿いの道は鬱蒼と茂った木々に陽光を遮られて薄暗く、ひんやりと肌寒くさえ感じた。

　昼少し前、一行はハルニレの大木がたち並ぶ疎林帯へとさしかかった。うつむき加減で歩を進めていた道産子が、ふと足を止める。長閑《のどか》に鳴っていた馬鈴が静まり、急に鉛川のせせらぎが大きく聞こえ始めた。馬は、沢側の藪を注視している。

「どうした?」

　喜一郎は、下僚が背負っていたスペンサー銃を肩から降ろすのを目で追いながら、馬の首筋を撫で、優しく声をかけた。一瞬、藪がザワめいた。丈余のチシマザサが密生しており、見通しはまったく利かない。「すわ、ヒグマか!」と探査隊に緊張が走る。

　しかし、笹を踏み分け出てきたのは、菅笠をかぶり、魚籠を吊り、長い釣り竿を抱えた一人の若い男であった。里人のようにも見えるが、腰には山刀《ナガサ》の他に、鞘《さや》と柄にボロ布を巻いた小刀らしきものを帯びている。その浅い閂《かんぬき》気味の挿し具合が如何にも手馴れており、多分、元は武士だ。男は笠をあげることもなく、道の端に寄って喜一郎の馬を通した。先導する里人と軽く会釈を交わしたところを見れば、顔見知りのようである。

「里の者か?」

　すれ違い、しばらく経ってから案内の里人に訊ねた。

「へい。熊撃ちの猟師で、佐吉さん」

「佐吉？　本多佐吉か？」

「さあ、苗字までは……この界隈では〝穴熊佐吉〟と呼ばれておりやす」

三年前の明治三年九月、明治政府は庶民が苗字を名乗ることを許可している。場所がユーラップで、元は武士で、名が佐吉――「よくある名だ」「偶然だ」と見捨てて進むわけにはいかなかった。

「暫時《ざんじ》、待たれよ！」

行き過ぎて、もう六間（約十・九メートル）近く離れていた男に一声かけ、馬から跳びおりた。

駆け寄ると、男は釣り竿を投げ捨て、左腰の小刀に手をかけ、わずかに腰を落とした。官吏に呼び止められ、いきなり抜刀しそうな元武士――土地柄、五稜郭の落武者とみて間違いあるまい。

「まあ、抜くな。俺も元は旧幕側。五稜郭あがりよ」

「……………」

男は、刀の柄を握ったまま微動だにしない。菅笠を深くかぶっているので顔は見えない。

「貴公、佐吉と名乗っておられるようだが、第一列士満第二大隊の本多佐吉君を知っているのか？」

「！」

　弾かれたように男が菅笠の縁を上げた。

「あ、兄上？」

「お、お前、八郎太じゃないか！」

　四年ぶりの再会であった。


（なんだ、その髭は……兄上、随分と変わってしまわれた）

　河原の丸石に腰掛け、上機嫌で盛んに話しかけてくる兄を、八郎太はやや離れた河岸に立ち、冷ややかな目で見つめていた。

　ユーラップ川との分岐から二里（約八キロ）も遡っており、鉛川の流れは大分細くなってきている。湾曲部の内側にできたわずかな河原で、兄弟は二人きりで話す機会をもった。道案内の里人二人とスペンサー銃の下僚には、少し離れた場所で休息をとってもらっている。

「昼は五十間（約九十一メートル）より近寄っちゃ来ない。それが夜になると、すぐ側の藪から様子をうかがってやがる。幾度か銃を向けたが、なにせ先込式のエンフィールド銃だ。一発で仕留めないと二の矢は間に合わない。そう思うと怖くて引金は引けなかった」

兄はヒグマの話をしていた。八郎太たちと別れた後、山中を彷徨うち、一頭のヒグマに付きまとわれ、怖い思いをしたという。

昼はできるだけ見通しのよい尾根筋を歩き、夜は（就寝中に襲撃されるのが怖いので）高い木に登り、体を大枝に縛りつけて眠ったらしい。

「それがある晩、カリカリと爪でひっかくような音がしてな。ふと見たら、すぐ下まで上ってきてやがる。幹に抱きつくようにして摑まってたのと目が合って、もうびっくりさ。ハハハ、あれには肝を潰したなァ」

兄は、そのヒグマは驚くほどの大物で、立ち上がると「二間（約三・六メートル）に近かった」という。まれに二間近いヒグマがいないとはいわないが、そこまでの巨熊になると、体が重過ぎて木にはまったく登れない。

（ヒグマが木に登って来たというのが法螺《ほら》か、或は、二間近い大物ってのが法螺か……ま、いずれにせよ素人の与太話だ）

八郎太は猟師の目で、兄の冒険譚《たん》を冷ややかに聞いていた。

クマが木登りをするときは、幹に爪を立てて抱きつき、尺取り虫のように体を伸び縮みさせて登り降りする。そこの描写だけは正確かつ具体的なので――恐らく、親離れしたばかりの三〜四歳の若熊が興味本位で喜一郎をつけまわし、夜間、兄がいる木に登って来た——その辺りが真相なのだろう。

（巨熊に襲われ、進退窮まって薩摩に投降したか……ふん、出来過ぎた話だ。所詮は見苦しい言い逃れに過ぎない）

八郎太は兄が敵に降伏したこと以上に、今はその手下となり、髭なぞたくわえ、官吏然として偉そうに振る舞っていることに、強烈な憤りを覚えていた。

（そりゃ、佐吉をおいて逃げ出した俺だ。偉そうなことは言えない。いざとなったら命が惜しくなり、投降だってしかねない。でも、精々がそこまでだ。薩摩芋に尻尾を振り、飼い殺しにされる道は絶対に選ばない。そこのとこは佐吉も同じだと思う。兄上、見損ないましたよ）

「なあ、八郎……お前、新政府に投降する気はないか？」

兄は、八郎太に自首を強く勧めた。

八郎太は、未だ恩赦を受けていない。牢獄に繋がれ罪を贖《あがな》ってもいない。謂わば朝敵のままである。一方、たとえ自首をして罪に問われても、一介の下士官だったに過ぎず、総裁を選ぶ入札にも参加しなかった八郎太に、重刑が科せられるとは思われない。

「俺と榎本さんが嘆願すればすぐに特赦は得られる。その後は開拓使に勤めればいい。人手はどれだけでも必要なんだ。なあ八郎、悪いことはいわない、自首してくれ」

二人の間に、しばしの沈黙が流れた。

（兄上は、俺や佐吉が『あれからどうなったのか』なんて殆ど興味がない御様子だ。聞こうともしない。兄上は未来を見て生きておられ、俺は過去を見ながら暮らしている。ただ、兄上には『忘れ去った過去』かも知れないが、俺にとって過去は今だ。現実なんだ）

「ね、兄上」

なにか強烈な皮肉で、兄を腐してやりたい衝動に駆られていた。

「うん？」

「薩長のお偉いさんと話すときには、やはり、徳川の悪口を仰るんでしょうね？　幕府が滅びたのは歴史の必然だ、なぞと」

「どういう意味だ？」

「や、さぞ気苦労だろうなと思ってね。だって、元々殺し合った相手に、犬みたいに尻尾ふるんだから」

「八郎、もういい。それ以上はいうな」

兄は、強く睨みつけ、弟の言葉を制した。気持ちを鎮めるためか、大きく息を吸い、ゆっくりと吐いた。

「いいか八郎太、俺だって投降した後、まさか新政府に仕えるとは思ってもみなかったさ。ちゃらんぽらんな俺のことだ、さすがに腹は切らなかったろうが、静岡に行かれた父上のところで、畑でも耕そうと思ってた。嘘じゃない、本気でそう思ってたんだ」

「……」

しかし、松前藩に押しこめられていたとき、新政府の一部に「人材であれば旧幕臣でも、五稜郭の残党でも登用する」と考える黒田に代表される一派があると知り、正直驚いた。

「薩摩も徳川もない。官軍も賊軍もない。俺らの思いもしなかったような、真新しい時代が始まっている。そう気付いたんだ。『こりゃ放っとけねェ』と思ったなァ」

「兄上は騙されてるんだ。新政府の上の方は、あらかた薩摩や長州じゃないですか」

興奮してついつい声が大きくなった。スペンサー銃を背負った兄の下僚が不安気にこちらをうかがっている。

「ま、現状は確かにそうかも知れない。ただ、俺が言いたいのは、もっと本質的なことだ」

と、喜一郎は下僚に配慮し、声を絞った。

「薩長と旧幕が戦い、薩長が勝った。俺はてっきり、薩長幕府ができて、島津か毛利の殿様が公方様になるんだろうと思ってた。でもそうじゃなかった。島津侯も毛利侯も、一応奉《たてまつ》られてはいるが政治の実権はなにも持たされちゃいない。天長様の元、公家、薩長土肥、旧幕、色んなところから多士済々が東京に集い、侃々諤々《かんかんがくがく》喧嘩しながら日本国の新しい絵図を描き、舵をとっている。それが新政府なんだよ」

「嘘だッ。薩摩芋の奴らがそんな……今だけ野心を隠してるだけだ」

「新しい時代なんだぞ？　歴史が動いているんだぞ？　お前、漢《おとこ》として、侍として放っとけるのかい？」

（こりゃ、兄上とは一年議論しても話は嚙み合わないや）

喜一郎がどんなに、新政府の可能性を説いても、八郎太の心にはまったく響いていなかった。勿論、問題は八郎太の方にある。彼が心の扉を堅く閉ざしていたからだ。

（新時代の到来云々の前に、そもそも論として、死んでいった多くの仲間たちの志、想いを「どうするのか」というところだろうが）

なかんずく、佐吉だ。最後まで幕臣としての矜持を忘れずに戦い、獣に食われた若き同志の墓前で、ちゃんとした説明ができぬ限り、八郎太は行動においても、思想においても、前に進むことはできないし、しないと心に決めていた。その八郎太に向かって兄は、師や佐吉を殺した敵に降伏し、敵の情けを受け、あまつさえ、その敵の下僕として仕えろという。

（おかしいじゃないか！）

と、心中でまた吼えた。

「な、八郎、父上や母上のことも考えてさしあげろ。静岡で苦労しておられるのだ。お前が生きていたと報せるだけで、どんなにお喜びになるか。お前が素直に投降し、罪を償って……」

「罪を償う？」

（戦争で負けたら罪人なのか？　勝った方は善人なのか？　おかしいじゃないか！）

癇癪が起きかけていた。

「や、罪という言葉は違うかも知れないが、天長様に歯向かった事実は消せないだろう」

「テンチョウサマがどれほどお偉いお方か知らないが、俺は、俺の心は、今も幕臣だ！」

スペンサー銃の下僚が、立ち上がってこちらを見ている。旧幕臣の上司が五稜郭の残党であることは彼も知っているのだろう。その上司が、明らかに怪しい男と、激しい政府批判の議論をし始めたのだ。不安になるのも無理はない。

「八郎、声が大きい」

さすがに、喜一郎が小声でたしなめた。下僚の方に向かって強張った笑顔をつくり
「もうすぐ終わるから」と声をかけた。下僚は頷き、また石に腰を下ろした。

「そんなことより兄上」

「そんなこと、って……」

喜一郎、さすがに嫌な顔をした。

「スナイドル銃の弾を、ボクサー実包を少々都合して頂けませんか。もう、残りが少ないもので。別段、その弾を天長様に撃ちこむつもりはありません。俺は猟人なもので、弾がどうしても必要なんです。お願いします」

「……………」

兄は悲し気な目をして、黙って小さく頷いてみせた。

以前兄がとった行動を批評侮辱し、兄の信じる時代を否定拒絶し、それでいて自分の要求だけはシレッと口にする。ここまで厚顔無恥に振る舞えば、喜一郎は辟易《へきえき》し、二度と弟の顔を見たいとは思わなくなるだろう。兄弟の縁もそれまでだ。

(それでいい)

と、八郎太は思い切っていた。八郎太は、明治という新しい時代に参加するつもりなど毛頭なかった。奥平八郎太は、すでに死んだのだ。今後は「穴熊佐吉」として、本多佐吉や伊庭先生や戦友たちの記憶と共に山中で生き、そして人知れず朽ち果てる。十蔵の言い方を真似れば、森の物質の循環に戻る。

(俺は、それでいい)

そう決意を固めていた。

二

そのわずか三日後、懲《こ》りない喜一郎が八郎太の小屋を訪ねてきた。

(十蔵殿もそうだったが、どうして俺の周りの男たちはこうも執念深いのだろう。俺が言外に「会いたくない、放っといてくれ」と言っているのだから、そのまま打ち捨てておいてくれればいいんだ！　それをこうして御為ごかしに押しかけてくる)

八郎太としても、猟銃の弾を頼んでいる弱味があり、無下《むげ》に追い返すこともできない。

(その内、なんのかんのと言葉巧みに取り込まれてしまうんだ。糞ッ、俺のお人好しにつけこみやがって、どいつもこいつも！)

ユーラップ鉱山での探査を終えての帰途、「気が向いたので立ち寄った」と兄は言った。鉱山を案内させた里人に道を訊ね、一行とは別行動をとり一人やってきたそうだ。

「おいおいおい、如何にもクマが出そうなところだなァ」

馬から降りた喜一郎が、小屋の周囲を見回しながらいった。

「俺は猟師ですからね、クマぐらい出なきゃ仕事になりません」

「なるほど、確かにそうだ」

さも愉快そうに笑いながら、兄は一丁の小銃を馬の鞍から抜きとり、八郎太に差し出した。独特の形状——見紛うことなきスペンサー銃だ。

「探査中は護身用にと思って持ってたんだが、もう札幌に帰るしな。スナイドル銃の弾が少ないって言ってたろ？　取り敢えず、これを使っていてくれ。ボクサー実包は札幌に戻り次第に送るから」

「随分短いな。騎兵銃《カービン》ですね」

「連続して七発撃てるが、威力は大したことがない。スナイドル銃の半分ぐらいと聞く」

（スナイドルの半分……六匁筒程度か。ま、俺の場合は、それだけあれば十分だ）

目の悪い八郎太がヒグマを撃つとすれば、穴熊猟に限られる。近距離から銃口を押し付けるようにして撃つ猟法なので、多少非力な銃でも左程の問題はない。

兄はスペンサー銃の使い方を説明してくれた。

「レバーを押し下げ、戻す。これで排莢と次弾の装塡が完了だ。次に親指で撃鉄を起こし、引金を引けば……ドンッ」

銃床の底に細長い管状の弾倉が仕こめるようになっている。そこに六発の銃弾が縦一列に納まっており、レバー操作の毎に、一弾ずつせり上がってきて薬室に送りこまれる仕組みだ。坂本龍馬が「スペンサー銃を千人の兵士に持たせれば、三万人の敵とも戦える」と言ったとか、言わないとか——。

「こんな銃を沢山そろえていたんだ。旧幕側が薩長に勝てるはずがない」

「ま、そういうことだな」

今は薩長と上手くやっている元旧幕側の兄が、困惑気味に応えた。

「で、御用はなんです？」

「御用は、色々さ。まずはお前の暮らし振りを見ておきたかったこと。静岡の父上母上に書き送らねばならないからな。次にスペンサー銃を渡したかったこと。最後は……佐吉の墓に、どうしても線香を上げたくてな」

「……」

どの面下げて――とまでは思わない。八郎太自身の思いは兎も角、佐吉の魂がどう思うかは八郎太には分からない。戦友である兄がきて墓を拝めば、佐吉の魂は「癒される」と考えるのが普通だろう。となれば、墓参を拒絶する理由《いわれ》はない。

「こちらです」

早速兄を、佐吉と十蔵の墓へと案内した。

林の中を歩き始めると、饒舌な兄が急に押し黙った。静かに八郎太の後方からついて来る。振り返って見ると、涙を流していた。

「なあ、八郎……俺が、あいつの墓に参っていいんだろうか？」

「供養になりますよ。一緒に戦った同志なんだから！」

言葉の後半、八郎太はことさらに語気を強めた。

墓が見えてくると、喜一郎は八郎太を追い抜き、走り出した。二つ並んだ石積みの墓は、埋葬者の二人が「共に凶状持ち」であることを慮り、墓碑など身元の分かるものはなに一つおいていない。どちらが戦友の墓か分からず戸惑う兄に向け、指で佐吉の墓を指し示した。

「佐吉よ。なにもしてやれんで、本当にすまない！」

そう呟いて墓前の地面にドカと座り、兄は号泣し始めた。

肩を震わせて男泣きする背中を見ながら、八郎太は複雑な心境に陥っていた。

(この大泣きは芝居じゃない。佐吉のために本心から泣いておられるんだ。でも兄上は、佐吉の仇である薩長とも上手くやれる。それが兄上だ。白と黒、相矛盾するものが己の中で同居しても気にならない。その辺のけじめや節操のなさが、俺には我慢がならないのだ)

喜一郎は些末的なことにはこだわらない。そんな兄の大らかな性格が、幼い八郎太にはよほど〝ちゃらんぽらん〟に思えて苛つき、よく口論になったものだ。すると兄は「お前がなにを怒っているのか俺には分からない」と真顔で訊き返すから、またそれに腹が立って——

八郎太はよく「おかしいじゃないか」と呟く。ま、口癖であろう。

道義や倫理にもとる行為が、非難されずに、そのまま「まかり通ってしまう」のがどうしても許せない。義憤にかられ、思わず呟いてしまう言葉なのだ。

「そこがお前ェの長所だが、同時に短所でもあるわけだからなァ」

かつて師の伊庭八郎から幾度か言われた覚えがある。

勿論、正義の心は徳目だが、人としての「生きやすさ」には障碍《しょうがい》となる場合も多い。「おかしなこと」ぐらい、どうせ世間には山ほどあるのだから、喜一郎のように能天気に捉え、一々目くじらを立てない方が、人の世では呼吸しやすいのかも知れない。

「な、八郎、佐吉やお前の話を聞かせてくれ。あれから、なにがあったんだ？」

（兄上と再会して四日目だ。俺たちのこと、ようやく聞いてくれましたね）

と、皮肉な見方をしながらも、兄の傍らに腰を下ろし、四年前――明治二年旧暦の五月、兄と山中で別れて以降の話をし始めた。ヒグマに襲われたこと、十蔵に救われたこと、視力を落としたこと、十蔵の跡をとり猟師を生業《なりわい》として暮らしていること、そして――妻を娶《めと》ったこと。

「あの〝泣き虫八郎〟が妻をな……や、めでたい」

佐吉がヒグマに食われた件では顔を顰めていた兄だが、弟が妻帯した件では心底から喜んでくれているように見えた。

兄にはおおむね、真実を語ったが、助けを求める佐吉をおいて自分が逃げ出したこと、喜代が女郎あがりであること、現在自分が物置に寝泊まりしていることの三点は、恥じ入る気持ちが強く、どうしても口に出せなかった。さらには明らかな嘘もついた。十蔵と喜代が夫婦であったことを伏せ「二人は父娘」と伝えたのだ。

「つまり、お前は元庄内藩士の家に入り婿したということになるな？」

「え、まあ……だ、大体そうです」

「や、大事なことだぞ。庄内藩酒井家といえば譜代の名門。過ぐる戊辰の戦いにおいても、最後まで幕府を見限らなかった忠義の御家だ。静岡におられる父上が大層喜ばれる」

「……」

自分自身に愛想が尽きかけていた。兄の〝ちゃらんぽらん〟をさんざ軽蔑しておきながら、いざ自分のこととなると、平然と事実を伏せたり、虚言を弄したりしている。

（おかしいのは、俺の方だ。思ってることと、やってることが真逆じゃないか！）

ただ、兄は父母に報告すると言っている。女郎の件、十蔵と喜代が夫婦であった件、物置の件などは、このまま黙っておくしかないだろう。

人殺しと女郎の夫婦の世話になり、人殺しから女郎を引き継いで妻となし、今はクマの肉を食らい、物置に住んでいる――それをそのまま伝えられたら、あの謹厳実直な父や母は、きっと泡を吹いて卒倒するに相違ない。

ユーラップ川まで洗濯にいっていた喜代が戻ると、早速兄に引き合わせた。

生真面目な喜代が、余計なことを喋らぬか不安だったが、兄の威厳ある口髭と立派な背広姿に萎縮した喜代は、殆ど顔をあげず終始俯いたままであった。

「喜代さん、多少頑固なところもあるが、弟は真っ正直ないい奴です。私も側面から応援するので、くれぐれも八郎太をお見限りなきようお願いします」

兄は、新政府の役人らしからぬ態度で深々と頭を下げてくれた。

「……」

喜代は顔を赤らめ、一言も返すことなく、ただただ額を、土間に筵を敷いただけの床にこすりつけている。

(ああ、これでは武家の娘でないことは、すぐに見破られてしまうな……でも、ま、兄上のことだ。大丈夫だろう)

たとえそう感じたとしても、兄は深く詮索しないいし、八郎太が見栄からついた嘘を非難したりもしないはずだ。

(そういうお人だ)

兄を批判しながら、その実、兄の寛容に甘えている。それが今の自分だ。

(や、兄上だけじゃない)

十蔵にも、伊庭八郎にも、ひょっとしたら榎本や慶喜に対してまで——本当に、自分に愛想が尽きかけていた。

そろそろ盛夏である。十蔵が死に、八郎太と喜代、二人きりでの生活も二年半以上が経った。ただ、八郎太は相変わらず物置小屋に住んでいる。夫婦は馴染まず、始終口論が絶えなかった。そもそも喜代には、八郎太を夫として認めるつもりは毛頭ないようだ。（ま、大恩人でもある十蔵殿に操《みさお》をたてているのだろうさ……ふん、貞女の鑑《かがみ》だ）

喜代にとって十蔵とは、まさに「すべて」であったのだろうと八郎太は推察している。命の恩人であり、人生の師であった。亭主であり、父親でもあった。彼女の中で、愛情と尊敬と畏怖がない交ぜになり、発酵し、十蔵は「侵すべからざる至高の存在」にまで祭り上げられていた。彼女の前で、十蔵を貶《けな》す言葉は禁句だったし、八郎太もそのことを忖度《そんたく》して言葉を選ぶようにした。生活全般においても、すべて十蔵のやり方が踏襲されていた。

「十蔵様だば、こうすておられたでがんす」

「分かった、俺もそうしよう」

「十蔵様だば、こう仰っていたでがんす」

「なるほど、その通りにする」

「十蔵様だば、立派なお方でがんした……そこへゆくとアンダ様は」

「俺は、まだまだだからなァ」

「十蔵様だば、ホトケ様のようなお方でがんした……それに比べてアンダ様は」

「……」

「十蔵様だば……」

「いい加減にしてくれッ！」

と、遂には癇癪が起こる。

「俺は十蔵殿じゃない。俺は俺だ。いちいち比べるな。大体、ホトケ様とはなんだ？　ホトケ様だと？　笑わせるな！　十蔵殿は生身の人間だ。それも、かなり生臭い、肚の黒い男だったじゃないか！　自分でも認めていたさ！」

八郎太が怒鳴ると、一応は黙るのだが、やがてその澄んだ美しい両眼から大量の涙が溢れだし、号泣が始まる。そのまま十蔵の墓まで走っていき、夜でも一刻（約二時間）は戻らない。

（ほ、ほんとにもう……疲れ果てるわい）

小屋の周囲には、まれにヒグマやオオカミが出没する。夜の闇の中に放ってもおけないので、頃合いを見て迎えにゆき、二人無言で小屋に戻ってくる。そして女房は母屋へ、亭主は物置へと入り、別々に眠るのだ。

勿論、喜代の十蔵への「度を越した傾倒」には、それなりに同情すべき点があることは八郎太も承知していた。喜代には「自分が病気をうつし、恩人を殺してしまった」との自責の念が常にある。若い亭主と睦《むつ》み、肌を合わせ、楽しく暮らすことなど「許されるはずがない」「泉下の十蔵さんに申し訳ない」と感じても無理からぬところかも知れない。

かつて死の床で、十蔵は八郎太の深層を分析してみせた。それによれば、八郎太自身も「自責の念」や「罪の意識」から自信を喪失し、社会的な不適合を起こしているらしい。

（その挙句、かく言う俺も「佐吉にすまない」と思い続けているわけか）

「十蔵さんにすまない女」と「佐吉にすまない男」――二人は、どこかよく似ていた。

八郎太は、喜代を助手として猟場に同道することを思いついた。喜代が周囲の景色や、獣の動きなどを見て、亭主に報せてくれれば、目の悪さからくる不利も「少しは緩和されるのでは？」と考えた次第だ。

「一応の亭主がこうして頼んでいるんだ。お前も手を貸してくれよ」

「十蔵様だば、女房を猟場に連れて行ぐなど一度も……」

「そりゃ、彼は目が悪くなかったからな。俺は目が悪いんだ。女房として、俺の目の代わりを務めてくれ、頼む」

「嫌でがんす」

この申し出を、喜代は断固として拒んだ。

「なぜだ？」

「山神様が怒るがら」

これが理由らしい。

「や、山神様だと？」

さすがに呆れていると、喜代は縷々説明を始めた。

猟人が信奉する山神様は、猟師に獲物を授けてくれる。また雪崩、雷、滑落などの危険から護ってくれる猟師の守護神だ。ことほど左様に、猟師にとって有難い存在なわけだが、一つだけ困った側面がある。山神様は女性で、それもかなりの醜女《しこめ》であるらしい。彼女は嫉妬深く、猟師と妻の仲睦まじい様子を見るのをなによりも嫌う。亭主を手伝うために女房が猟場に同道することなど「もってのほか」だというのだ。もし山神様を怒らせれば、猟師はたちどころにして自然の猛威にさらされ、命を落とすことになる。

「ばからしい！　俺の手伝いをしたくないから、とってつけたようなでまかせを！」

「もの知らねのはアンダ様の勝手だども、この山神様の話だば、どごのマタギ衆でもよぐ知ってる猟師の心得でがんす」

（まいったな……本当に信仰絡みとなれば、テコでも動かんのだろうなあ）

と、途方に暮れた。喜代に「目の代わり」を務めさせる企みは撤回せざるをえまい。

三

喜代に猟場への同道を断られた翌朝、八郎太は気晴らしを兼ね、馴染みのイワナ沢へ渓流釣りにでかけた。釣り竿の他に、スペンサー銃を背負っていく。クマに遭遇したときの用心だ。

夏、ヒグマは沢筋で、蕗やウワバミソウ（ミズ）などの多肉性の野草をあさることが多い。ただ、草だけで巨体を維持しようとすると、大量に終日食い続けることになる。食事に気をとられ、水流の音やセミの声もあるので、ヒグマの方で人の接近に気付かないことがあるのだ。結果、屈折部の岩陰などでバッタリ——との不幸な事態を招いてしまう。一旦「もう逃げられない」と判断すれば、相手が猟師だろうが、銃で武装していようが、死に物狂いで襲いかかってくる。そうなったときのクマは実に危険なのだ。

イワナ沢に着くと、釣り始める前に、四方の斜面に向け「お——い。お——い」と熊避けの声をかけた。ヒグマに人の存在を報せ、回避してもらうためだ。以前なら銃を一発、空に向けて撃ったものだが、スナイドル銃にせよ、スペンサー銃にせよ、実包の残弾数に不安があり、最近は「声かけ」でお茶を濁すことが多い。

昼過ぎまで釣り上って、釣果はヤマベが四尾とイワナが十五尾――あまり豊漁とはいえない。餌ばかりが減る。

（ミミズを補給しなきゃ）

大蕗の根元を掘ってヤマミミズを大量に採取した。針にチョン掛け、渦を巻いている落ち込みへポトリと落とす。流れに乗せて静かな淵へと運ぶ。対岸のボサ下を丁寧に探るが魚信《あたり》はない。今は真夏で魚が活性化している。定石の緩流部よりもむしろ瀬を狙った方が――一瞬、ガツンと魚信がきた。反射的に合わせ、針を食わせる。重い。まったく動かない。

（根掛りか？　魚じゃないのか？）

と、訝《いぶか》しんだ刹那、水底で銀鱗がきらめき、ググッと川下へ走った。竿を伸されそうになり、必死にこらえる。辛うじて立てた竿先が弓のようにしなった。竿を折られる怖さがある。竿への負担を軽減しようと、数歩川下へ足場を移した。

（ヤマベ、イワナの引きじゃないな……マスか？）

この支沢にはヤマベとイワナが混生し、その数は多いが、アメマス、サクラマスなどの巨大魚も時には迷いこんでくるのだ。

釣り竿は自生した普通の竹を干したものである。巨大魚が針にかかった場合、竿を折られないためには、始終足場を移動させながら、魚の疲労を根気よく待つしかない。当然、時間もかかるし、釣り人は体力を消耗する。

魚は暗い淵の底にへばりつき、動かなくなった。八郎太の方も一息入れたかったが、今休むのは巧くない。駄目だ。魚が休めば引き寄せ、走り出したら緩めて耐えるのが基本。要は、魚を始終動かし、一瞬たりとも休ませないことだ。

「そらッ！　こっちへ来い！」

八郎太、喘ぎながら竿を立てた。また格闘が始まる。

結局、奮闘すること一刻（約二時間）近く、陽が傾く頃までかかって、ようやく二尺半（約七十六センチ）余の立派なサクラマスを釣り上げた。繰り返しになるが、サクラマスはヤマベの降海型である。つまり、渓流生まれのヤマベが海に降り、巨大化したのがサクラマス。

疲労困憊の八郎太、肩で荒い息をしながら河原に足を投げ出して座り、まだ砂の上で時折バタンと撥ねるサクラマスを呆然と眺めていた。

ヤマベ時代の繊細な幼魚斑は消え、全身が銀青色に光り、背には多くの黒点が散見される。所謂〝銀毛〟だ。

今は盛夏だが、あと一カ月ほど経つと産卵期に入り、婚姻色を身にまとう。サクラマスの語源ともなった美しい紅色である。ただ、姿こそ美しくなるが、その時季の身は食っても美味くない。栄養をすべて卵巣や精巣にもっていかれるからだ。マスの身を食うなら今、銀毛に限る。

(マスの中では、サクラマスが一番美味いからな……)

これから尾根や峰を幾つも越え、小屋まで帰る気は完全に失せていた。帰っても仏頂面の喜代がいるだけ。夜には暑苦しい物置小屋で、蚊や蚤《のみ》に刺されながら眠るのだ。

(今夜はここに泊まろう。火を焚いて、釣った魚を焼いて食うんだ。柔らかい夏草を沢山集めて敷き重ねてフワフワにし、星の下で眠るんだ……楽しいぞ)

想像しただけで幸福な気分になれた。ヒグマの存在が気にはなるが、あえて「鉄砲をもった猟師を襲うクマはいない」と高をくくった。

焚火の薪として流木を集めた。いつも背負子に括りつけているノコギリで適当な長さに切りそろえて並べ、ダケカンバの薄い樹皮で火を点けた。

釣った魚はすべて腸を出し、イワナとヤマベは串代わりの細枝に刺して焚火の周囲にたてかけた。巨大なマスは頭を落とし、身を腹から大きく開いて若干多い目に塩をうち、炙り焼いた。

ジュージューと脂を滴らせながらサクラマスは焼けた。火の通った箇所から手で千切って頬張る。口の中にたんぱくな魚の旨味と、適度な脂分が広がり、野趣豊かな香りが鼻へと抜けた——至福だ。

川の恵みを堪能し終わると、八郎太は陽があるうちに刈り集めておいた夏草の山にゴロリと寝転んだ。夜空を見上げる。無数の夏の星々が瞬いているはずだが、八郎太には見えない。

「クソ、星は、見えんか」

と、目が悪くなった不幸を、改めて思い知らされた。

その時、ゾクリと背筋が凍えた。実に嫌な気分だ。

「……」

今まで、山中で幾度となく感じた不快感だ。姿こそ見せないが、マスを焼いた匂いにつられて藪の中に獣が来ている。身を潜め、こちらをジッとうかがっている。猟師特有の第六感がそう告げていた。八郎太はゆっくりとスペンサー銃を摑み、レバーを操作し弾を薬室へと送った。

(なにが来てる? ヒグマか? オオカミか?)

蝦夷地にイノシシとカモシカとツキノワグマはいない。大型の動物といえばヒグマ、オオカミ、シカ、後は野犬――そんなところだ。ただ、これほどまで猟師を、それも銃で武装した猟師を、不安にさせる動物となれば、やはりヒグマだろう。

食物に対するクマの執着は尋常でない。一度、マスを焼く匂いに引き寄せられたからには、なにもせずに立ち去ることはないだろう。銃弾が「もったいない」なぞとはいっていられない。ここは一発、空に向けて撃ち「近づくな、寄れば撃つぞ」との人間側の意思を伝えておくべきだ。撃鉄を起こし、指を引金にかけたところで、思い止まった。

（ちょっと、待てよ）

夏は存外に、大物が人里近くまで降りてくることがある。草木が繁茂し、巨体を隠しやすいからだ。巨熊は慎重だが、一方で自分の実力には絶対の自信を持っている。脅しのつもりの発砲を、むしろ、挑発と受け取り突っこんでくる可能性はないか？　スペンサー銃は連発が利く代わりに弾の威力に劣る。巨熊と近距離で対決するのは危険だ。

（そう考えると軽々には撃てない。どうするかな？）

まずは基本に立ち戻ることだ。立ち木を盾にすべきだ。辺りを見回した。周囲は沢筋にありがちなヤナギの林で、盾にできそうな太い幹の木も幾本かは混じっていた。林床は、チシマザサに覆われている。

一瞬、風向きが変わった。谷筋では風がよく回るのだ。吹き始めた西風に乗って魚の腸が腐ったような異臭が漂ってきた。明らかにヒグマの体臭だ。西側の笹藪が怪しい。如何にもヒグマが身を隠していそうな藪だ。距離は十間（約十八メートル）ほどか。

（敵は、西か）

東へ五間（約九メートル）の距離に、ちょうど手頃なエゾヤナギの大木が生えている。あの木の後方に陣取れば、五分の勝負ができる。なにしろ、ヒグマに突っこんで来られ、そのまま跳びかかられるのが一番拙《まず》い。大木を盾にして間に置けば、幹が障壁となってくれる。

スペンサー銃を抱えたまま、ゆっくりと動いて立ち上がり、西の笹藪に背を向けないよう注意しながらエゾヤナギを目指した。

(慌てちゃいけない。走れば突っこんでくる)

わずか五間の移動距離が、無限に長く感じられた。

ヤナギの後方に回り込み、西の笹藪に銃口を向け、やっと人心地がついた。

(これで威嚇《いかく》射撃ができる。もし襲いかかってこられても、この幹が俺とクマとを隔て、突撃の邪魔をしてくれる。最低でも後三発は撃ちこめるだろう)

必死で気配を探った。猟師の第六感を総動員する。相変わらず嫌な空気だ。ヒグマは「まだいる」と確信した。スペンサー銃を構え、笹藪のやや上空を狙って一発放った。

ド――――ン!

バズッ!

夜の静寂《しじま》を銃声がかき乱した。銃声に続いた鈍い音は、弾が立ち木の幹に当たった音だ。界隈の梢から、幾羽かの鳥たちが慌ただしく夜空に飛びたった。

反応はない。笹藪は鎮まったままだ。スペンサー銃のレバーを押し下げ、次弾を装填しようとしたとき、ガチリと鳴って、レバーが戻らなくなってしまった。

「!」

スペンサー銃は高性能な連発銃だが、機構が複雑な分、故障が多かった。

レバーはどうしても動かない。今日は渓流釣りが目的だったので、鉄砲はスペンサー銃しかもってきていない。それが撃てないとなれば、後は山刀《ナガサ》と、いつも腰に帯びている小刀で戦うしかないのだ。そう思うと途端に怖くなった。穴熊佐吉なぞと煽てられていても、鉄砲がなければ、ただの若造だ。刃物だけで渡り合えば、巨熊はおろか、四歳の若熊にさえ後れを取りかねない。八郎太は、壊れた鉄砲を背負うと躊躇なくヤナギの幹に取りついた。太い幹は幾筋にも枝分かれしており、登るのは容易だった。しかし、八郎太が楽に登れる木なら、ヒグマにも登りやすいだろう。登ってきたらどうする？

（地上で戦うよりはましだ。もし登ってきたら、上から山刀《ナガサ》で爪ごと指を叩き切ってやる）

湾曲した鋭い爪がなければ木登りはできない。ずるずるとずり落ちていくことだろう。

（や、もし本当に百貫の大熊だったらどうしよう。登ってはこれなくても、幹を折られるんじゃないか？）

首を伸ばして幹の太さを確認した。大丈夫だ。一尺（約三十センチ）以上はある。どんな巨熊でも折るのは六寸（約十八センチ）までだと十蔵から聞いた覚えがある。

（や、そもそも立ち上がって腕を伸ばせば、高さ二間（約三・六メートル）には届くだろう。ここは……二間ないな）

慌てて、いけるだけの高みへと一気に登り、やっと一息入れた。

そこへ、のそりと西の笹藪からヒグマが姿を現した。巨熊というほどでもないが、決して小さくはない。五十貫（約百八十八キロ）といったところか。この程度なら木にも登る。勿論、一撃で人はおろか、牛馬の首も叩き折る。

クマは、八郎太がしがみついているエゾヤナギの根元までゆっくりと歩いてきて、立ち上がった。幹を前足で抱くようにして、樹上の八郎太を見上げる。八郎太の尻の下五尺（約百五十二センチ）に、ヒグマの大きな顔がある。太い腕を伸ばせば、爪は八郎太の尻のすぐ下まで来るだろう。ただ、間近で見る目は比較的に穏やかだ。被毛は黒く、ヒグマにありがちな金毛や銀毛が殆ど混じっていない。クマにも個性がある。決して獰《どう》猛《もう》で無分別な個体とは思えなかった。八郎太には幸いだ。

（でもどうして、野郎は、俺の銃が撃てないことを知ってるんだ？）

そこはやはり「気」を感じるのだろうと結論付けた。銃をもって優位に立っている人間の傲慢《ごうまん》な気分と、その銃が壊れ、怯えている気分の変化を、野生動物は敏感に感じとるのではあるまいか。

（だとすれば、弱気は禁物だな。虚勢でもいい。なめられたら負けだ）

意を決し、片手で腰の山刀《ナガサ》を抜き、切先をクマの顔に向け「こらッ」と怒鳴りつけた。

クマは一瞬、牙を見せ低く唸ったが、結局木に登ってくることはなかった。しばらくは八郎太を眺めていたが、その後は人間への興味を失ったかのように、エゾヤナギから離れ、時折振り返りながら焚火の方へと歩いて行った。クマは焚火の傍に座りこみ、短時間で、八郎太が食べ残したマスと、焚火の周囲にたててある川魚をすべて平らげた。

（獣が火を恐れるって、あれは大嘘だな）

食事を終えたクマは、またエゾヤナギの下へ歩いてきた。今度は立ち上がらずに見上げている。八郎太が、山刀《ナガサ》の切先を向け「あっちへ行け！」と怒鳴ると、そのまま木の真下を通過し、ゆっくりと笹藪の中へと姿を消した。

幹にしがみついたまま、八郎太は全身を耳にして音を探った。クマが笹を踏み分けるわずかな音は、斜面を上っていき、やがて低い尾根を越えて聞こえなくなった。

（よ、よかった。寿命が縮んだぜ）

と、一応は安堵したが、ヤナギを降りるまでの勇気はなく、斜め上に伸びる太い枝にもたれかかり、そのままで夜明けを待つことにした。

翌朝、周囲が明るくなると、恐る恐るヤナギの木を滑り降りた。

もう一度スペンサー銃のレバーを動かしてみたが、やはりまったく作動しない。故障していることは間違いなさそうだ。

（くそッ、面倒なことになってしまった。函館か札幌でないと修理は無理だろうな）

と、舌打ちし、丁寧に焚火の後始末をすませると、家路についた。

四

夏以来、スペンサー銃は故障したままだ。

分解して八郎太なりに工夫したのだが、重要な部品の爪が折れており、自己流で修理することはできなかった。兄に頼んでおいたスナイドル銃の銃弾もまだ届かない。残弾はわずか二発という状態だ。明治六年の十一月、冬の猟期はもう始まっているというのに、八郎太が使える猟銃は十蔵が残してくれた火縄銃が二丁あるのみだ。先込式の旧式銃で、ヒグマに立ち向かう度胸は八郎太にはなかった。

「その二丁で三十七年間、十蔵様だば六十八頭のヒグマを獲られたのでがんす」

十蔵の技量や度胸は、八郎太のそれに勝っていた。八郎太は十蔵に遠く及ばない。それを「証明できた」と喜代は上機嫌である。

「ふん、十蔵殿は目が悪くなかったからな。一々、彼と俺を比べんでくれ！」

喜代は嘲笑を残し、豊かな丸い尻を左右に振りながら立ち去った。嫌な女だ――とまでは思わない。本当は、そこまで意地の悪い女ではないのだ。ただ、前の亭主が絡むと途端にムキになるキライがある。十蔵絡みでない話題のときには、むしろ、八郎太に好意的でさえあるのだが――ま、いずれにせよだ。猟銃の件だけはなんとかせねばならない。なにせ商売道具だ。少々気は重いが、八郎太は札幌の兄を訪ねてみることにした。

明治二年の開拓使設置以降、北海道経営の拠点を「函館から北方の札幌に移す」努力が着々と進められてきた。

明治六年の六月には、函館〜札幌間を繋ぐ幹線道路として〝札幌新道〟が開通した。函館を発ち、嶺下を経て森からは官営噴火湾定期船で海路を室蘭までゆく。室蘭から先は、白老《しらおい》、苫小牧《とまこまい》、千歳を経て札幌に至る。陸路の総延長は二百七十キロに及んだ。

八郎太は袷《あわせ》の小袖に袴を着け、上から熊皮の袖無しを羽織ってでかけた。すべて十蔵の古着を喜代が仕立て直してくれたものだ。森から乗った渡船・稲川丸の船内では、熊皮と背負った鉄砲が異彩を放ち、十人ほどの乗客たちの注目を集めてしまった。

（これでも朝敵の、凶状持ちの、極悪人なんだけどなァ。いいのか？　お尋ね者がこんな目立つ格好をして）

お尋ね者は心中で自嘲した。勿論、故障したスペンサー銃にはオオカミの毛皮で作った袋をかぶせている。ただ、嚢中《のうちゅう》の錐《きり》ではないが、現役の猟銃が漂わせる殺気のようなものが伝わり、人々をいたく刺激してしまうようだ。

室蘭から札幌までの道路は圧巻だった。全線が砂利で舗装され雨が降ってもぬからない。本邦初の西洋式馬車道で、道幅は広い所で十三・三メートルにもなった。

(この道の先に、一体なにがあるんだ？　まるで異界へと続いているみたいだ)

黒い大森林を切り裂いて、どこまでも続く異空間のような白い棒道を、八郎太は一人、北へ向けて歩いた。


開拓使本庁舎は、開発が進む札幌の中心部に立っていた。明治五年七月に着工、明治六年十月竣工——つまり、先月に完成したばかりである。

玄関前に立ち、建物を見上げた。白壁に整然と並んだ緑の窓枠が、建物全体に端正な印象を与えている。二階建てで、屋根の上には〝八角形の天守台〟らしきものが載っていた。

「そ、卒爾《そつじ》ながら」

大きな風呂敷包を抱え、慌ただしく出入りする背広姿の官吏たちの中から、できるだけ人の良さそうな男を選び、恐る恐る呼び止めた。

「なさか？」

(な、なさか？　どこの言葉だろう？　薩長のそれとは違うようだが)

「鉱山調査をやっている、奥平喜一郎に会いたいのですが」

「ああ、奥平さん……御知り合いだてか？」

「え、縁戚の者に御座います」

「暫時、お待ちくだされ」

男は笑顔で頷き、庁舎の奥へと消えた。

人の出入りが激しい。一人ボーッと立っているのが申し訳ないようだ。建物から少し離れて、如何にも「新庁舎を見物にきた田舎者」に見えるよう振る舞った――振る舞うもなにも、事実その通りなわけだが――ふと天守台の上に翻っている旗に目がいった。

青地の中央に赤い星が描かれた旗だ。

（あの旗はどこかで……そうか、蝦夷共和国の旗に似てるんだ）

榎本らが建国した蝦夷共和国は、青地の中央に黄色い菊花紋、その上に赤い星を重ねていた。但し、蝦夷共和国のそれは七芒星《しちぼうせい》で、新庁舎の旗は五光星である。

（大丈夫なのか新政府？　五光星はまるで五稜郭に見えるぞ）

なぞと、余計な心配をしているところに、笑顔の兄が出てきた。

「よお、来たな」

「……」

ここへは、ものを頼みに来たのだ。精一杯に深く頭を下げた。

兄は新庁舎内部を案内するという。

「でも、大丈夫ですか？　俺、一応まだ朝敵ですけど」

「ハハハ、いいから来いよ」

兄は先に立って歩き出した。仕方なく、八郎太も兄の後ろに続いた。

新庁舎は、開拓使顧問ケプロンの発議により、北海道開拓の象徴として開拓使の総力を挙げて建設された。アメリカン・バロック様式の堂々たる木造建築で、屋根の上に載っている天守閣様のものは「八角ドーム型の展望台」だと説明された。設計施工は、開拓使御用掛の岩瀬《いわせ》隆弘《たかひろ》と安達《あだち》喜幸《よしゆき》である。

「えッ、俺はてっきり、毛唐が作ったものだろうと」

「日本人も馬鹿にしたものじゃない。このぐらいできるさ。外国人も付き合ってみれば、同じ人間だぞ。かなり規格はデカイがな」

屋内は薄暗く、歩くと床板がぎしぎしと軋んだ。壁や建具に塗られたニスの香に八郎太は閉口したが、兄は一言「じき、慣れる」と気にする様子もなかった。

「外国人は、むしろ畳の匂いを『青臭い』と感じるらしいぞ」

(あんなに清々しくていい香りなのに。やはり毛唐は駄目だな)

と、心中で嘲笑したが、なにせ物を頼みに来ている身、兄の機嫌をそこねぬよう、一切口には出さなかった。

階段を登って八角塔展望台に至る。内部は十八畳ほど、八面の窓から採光するのでとても明るかった。展望台からは、札幌建設の様子が一望できた。縦横に太い道路が走り、碁盤の目のように区画が整理され、民家や商店、役所などが建てられている。そこここから鑿《のみ》や金槌の音が響いていた。男や女、馬車や大八車が忙し気に行き交い、なんとも活気に満ちている。

「ここに巨大な街を作る。北海道開拓の拠点となるのだ。北海道は広いぞ！　やることが山ほどもある。お前はさっき『自分がまだ朝敵だ』と心配していたようだが、みなもうそんな昔のことを気にしている暇がないのさ」

（そんな昔って……まだ四年前ですよ）

朝敵として「捕まるのではないか？」とビクビクしているのは自分一人であり、周囲は誰も気に留めていないらしい——兄から自意識過剰を笑われたようで、いい気分はしなかった。

「な、八郎？」

「はい」

「伊庭先生のことを思い出すことがあるか？」

「勿論、私は常に先生の御霊と共にあると思っております」

「なるほど、お前らしいや」

伊庭八郎は、心形刀流《しんぎょうとう》練武館道場の八代目伊庭軍兵衛《ぐんべえ》の倅である。心形刀流は代々、後継者を実力ある門弟の中から選ぶこととしてきた。八郎も、父軍兵衛の跡を直接に継ぐのではなく、父の養子である九代目秀俊《ひでとし》の、さらに養子となって十代目宗家を継いだ。

ちなみに、八郎太は十代目の直弟子であるが、喜一郎は先代秀俊の直弟子だ。厳密に言えば、伊庭八郎と奥平喜一郎は師弟関係というよりも、兄弟弟子なのである。

「八郎先生からは堅く口止めされていたんだが、約定を破っても、先生は納得されると思うから、お前に伝えることにする」

「？」

「あの晩、五月の十二日だったか……俺は八郎先生から、榎本さんにモルヒネをもらってくるように頼まれたんだ」

「！」

（どうして、直弟子の俺がいつもお側にいるのに、先生は兄上に頼んだんだろう？）

八郎太は、兄の顔をのぞきこんだ。喜一郎は静かに語り始めた。

◇◇◇◇◇◇◇

伊庭八郎は「隻腕《せきわん》の剣士」として高名だが、箱根で左腕を失った後も、わずかな入院期間を経て、右手一本で戦場に立ち続けた。箱館でも第一列士満第二大隊長として彰義隊・新選組・遊撃隊あがりの猛者たちをよく纏め奮戦した。それが木古内の戦いで胸に被弾し、それ以降、さすがに動けなくなった。五稜郭の救護所で、腹を切ろうとしたが、片腕の上に、体力の消耗が著しく巧くいかない。彼は「仕損じる」「死に損なう」ことをなによりも恐れた。

「喜一郎君、俺ァ、モリヒネで死ぬよ」

「モリヒネ？　ああ、モルヒネですね。でも先生、服毒ですか」

伊庭八郎は腹を切れずに、毒を呷《あお》った——後世の心無い中傷を、喜一郎は案じたのだ。

「武士としては情けねェが、もういけねェや。下手に腹を切り損なったら、それこそ末代までの恥だからなァ。モリヒネは榎本さんが持ってる」

「あの、先生……」

「ん？」

「よかったら、俺が御介錯します。先生は形だけ腹に刃を宛がって頂ければ、後は俺が……」

「それは筋が通らねェだろ？　八郎太は石頭だ。なにを勘違いしやがったのか、俺のことを尊敬してやがる。自分以外の者が介錯人に指名されたと知れば、野郎トチ狂うぞ」

「じゃ、いっそ八郎太に介錯させたら？」

「お前ェも相当な馬鹿だなァ。いいから黙ってモリヒネもらって来い！　八郎太に介錯させて、その後、あの石頭が手前ェも自刃しねェわけがねェだろ」

「……………」

「榎本さんはもう腹を決めた。降伏だ。五稜郭は開城する。しかし、この国はまだまだ続く。な、喜一郎君、お主も八郎太も死んじゃいけねェよ。昔のことに囚われてもいけねェ。新しい時代に、頭をまっさらにして突っこんでいくんだ。死んでゆく俺が、妙な色を若い奴等に残すのが一番の害悪だァ……と、さんざ考えた挙句の結論が、モリヒネよォ」

◇◇◇◇◇◇◇

「嘘だッ！　そんなこと先生が仰るわけがない。先生の辞世を御存知ですか？」

「知ってるよ。知った上で言ってる」

「死人に口なし……兄上は、俺を下衆《げす》の仲間に引き入れようと、こともあろうに先生の御遺志を捏造しておられる。恥を知りなさい！」

ちなみに、伊庭八郎の辞世は以下の通り——

「待てよキミ、迷（冥）途も共にと思いしに、しばし遅るる身こそつらけれ」

喜一郎は、後ろに撫でつけた散切髪を苛々と掻きむしった。八郎太は今も総髪に髷《まげ》を結っている。

「俺は一言も嘘は言ってない。先生の辞世は、自分も友も『死んでいく人間の話』だ。先生が俺に言い遺《のこ》されたのは、これからも生きていく若者に向けた言葉だ。先生の辞世とお言葉に齟齬《そご》はない！　いいか八郎、俺はな……」

「私は、八郎ではありません！　私の名は八郎太です！」

「！」

砂利で舗装された白い棒道が、青いエゾマツの森を貫いて延々と続いていた。

八郎太、兄とは庁舎前で別れた。今は一人で札幌新道を南下している。

あれだけの無礼を言ったのに、兄はスペンサー銃の修理と、スナイドル銃の銃弾の補給を約束してくれた。

「俺は、どこまで甘えた野郎なんだ」

と、口をついて言葉が出た。

今まで恩師や兄の配慮、十蔵の厚意に、不満ばかりを並べ立ててきた。この明治という新しい時代に対しても不服だらけ――翻って自分は何様だ？

「腹なんてものは、熱ぐなって、勢いで切るもんしゃ。時を逸したら、人間、簡単に腹なんぞ切れるものではね」

と、かつて十蔵は、八郎太が「死ななかった理由」を分析してみせた。

(要は、この世への未練が多く、なんだかんだ理由をつけて死ぬのを止めた。つまり、そういうことだ。現に、佐吉を見捨てて一人逃げ出した俺じゃないか!)

佐吉の墓を建てるまでは死ねない。佐吉の思いを胸に、佐吉の分まで生きる——すべて嘘だ。体裁を気にするのは止めよう。奥平八郎太は「死ぬのが怖かった」——ただ、それだけのことだ。喜代が自分を亭主として認めないのは「十蔵の呪縛があるから」なぞと勝手に思いこんでいるが、実際には八郎太自身に「男としての魅力がない」だけではないのか。

「おかしいじゃないか」

そう言って「咎《とが》は世間にある」と言い繕ってきたが、本当に「おかしい」のは、八郎太自身の方だ。巨大なヒグマを殺すことで、卑怯な自分を少しでも糊塗しようと八郎太は必死だ。卑怯者の景気付けに殺される獣たちこそいい迷惑だろう。

(俺は、人間の屑だ)

八郎太は立ち止まった。砂利が敷き詰められた馬車道を眺める。前にも後ろにも人影はない。白い路上に崩れ落ち、うずくまり、両手で顔を覆って慟哭《どうこく》——したつもりだったが、掌はまったく濡れていない。いまだに涙は出てこない。

(本当に、泣くことすらできなくなってしまった……俺は、もう完全に壊れてるんだなア)

八郎太は立ち上がり、とぼとぼと棒道を歩き始めた。

第四章　猟師のけじめ

一

〝三つ子の熊穴〟は、雪深い斜面に口を開けていた。十蔵は、かつて二度、この穴で越冬中のヒグマを獲っていた。明るいブナの疎林の急斜面、如何にもヒグマが好みそうな環境である。八郎太も毎年期待をこめ、のぞいてみるのだが、明治二年の冬に猟を始めて以来の四年間、一度もクマが越冬した形跡は見られなかった。

（この穴は駄目だな。どうせ今年も空穴だ）

そうは思っても、万が一クマが寝ていると危険だ。ここは鉄則通り、斜面を大きく巻いて、穴の上から接近することにした。

長閑に晴れあがった冬の日であった。コクワの蔓を乾燥させて作ったカンジキを履き、斜面を上る。陽射しはあるが気温が低く、雪はよくしまっており、かなり歩きやすい。カンジキを脱ぎ、ツボ足でも歩けそうだが、雪面に深く踏み込む分、大きな音が出そうで躊躇《ためら》われた。やはり猟場では静謐が要諦である。

シジュウガラがすぐ側の枝にとまり「ツピー、ツツピー」と鮮烈に囀り始めた。ほんの小さな体で「どうしてあそこまでの声量をだせるのだろう」などと訝しがりながら、休むことなく坂を上った。

小尾根まで上り、吹き昇ってくる気分のいい谷風にあたって汗と動悸を鎮めた。

両眼を薄く見開き、周囲をゆっくりと見回す。動くものの気配はない。本来なら右手前から太櫓岳、ユーラップ岳、白水岳《しらみずだけ》、左手にはペンケ山、岩子岳——雄大なユーラップ山塊の絶景が望めるはずなのだが、八郎太には、青い空を背景に、ぼんやりと幾つかの白い塊が見えるだけだ。

動悸が鎮まったので、いよいよ熊穴に向け降りていくことにした。八郎太は、スペンサー銃とスナイドル銃を肩から降ろし、それぞれの薬室に、実包がきちんと装塡されていることを確認した。兄が補給してくれたので、弾だけは潤沢にある。

双方の銃には、それぞれ長所と短所があった。

スペンサー銃の長所は、なんといっても連発が利くことだ。レバーを操作し、撃鉄を起こすだけで三、四秒おきに一発ずつ、連続して七発撃てる。これは猟師にとって極めて心強いことである。短所は、ヒグマを狙う猟銃としては若干威力が劣ることだろうか。

一方のスナイドル銃の長所は、使用するボクサー実包が強力であること。短所は、先込銃ほどの手間ではないにしても、やはり連発が利かないことであろう。

八郎太は、手許にある四丁の銃を使い、実際に試し撃ちをして、それぞれの威力を確かめてみたことがある。エゾマツの幹に等距離から撃ちこみ、弾頭がめり込んだ深さを測定したのだ。威力は、強力な方から、スナイドル銃、十匁筒、六匁筒、最も非力なのがスペンサー銃との結果を得た。

銃の威力は、銃口での初速と弾頭の重量で決まる。最強のスナイドル銃は二千二百ジュール。意外に強力な十匁筒、六匁筒はそれぞれ千八百ジュールと千三百ジュール。非力なスペンサー銃は千二百ジュールほどだ。といっても、現代の日本警察が使用するニューナンブ拳銃は三百五十ジュールというから、スペンサー銃でも相当な威力であることは間違いない。

総じて、スペンサー銃は弾の数で勝負する武器。スナイドル銃は強力な一発に賭ける武器といえる。八郎太は、二丁の銃を、それぞれの特性に合わせて使用していた。

まっ先に使用するのはスペンサー銃である。穴熊猟の場合、獲物の体に押し付けるようにして撃つのだから、弾頭の威力が弱いことは左程には影響しない。連発銃の強みを発揮して数発撃ちこむ。それでも倒れず、突っこんでくるような相手なら、スペンサー銃を投げ捨て、次鋒のスナイドル銃を使う。覆いかぶさってくるヒグマの首か胸に突き付けるようにして強力なボクサー弾を撃ちこむのだ。勿論、立ち木や大岩を盾として前におくことが絶対条件になる。

雪の白さに際立って、洞穴の入口は殊さらに黒々として見えた。この奥に、巨大な獣が息を潜ませているのかも知れない。そう思うと、穴の中に吸いこまれそうな気がして、八郎太は思わず身震いした。決して大きな穴には見えない。入口は一尺半（約四十五センチ）ほどであろうか。しかし、中にいるヒグマが小型とは限らない。現に八郎太は昨年、同じ規模の穴から百貫近い巨熊を獲っている。

（まず、いるかいないかだが）

すでに撃鉄を起こしたスペンサー銃を構えたまま、八郎太は穴の入口の雪を吟味した。

「ヒグマさ中に入っておる穴だば、入口の雪が赤茶ぐ汚れで見えるものしゃ。それを見れば、いるが、いねが、すぐに分がる」

八郎太は、十蔵の言葉を心中で反芻《はんすう》してみた。見たところ、入口付近の雪はまっさらである。殆ど純白だ。変色しているようには見えない。

（空穴か）

ただ、今日の未明、八郎太の小屋の周囲でもわずかに小雪が舞った。今立っている斜面はユーラップ川の源流に近く、小屋から三里（約十二キロ）は山奥に入っている。降雪量はより多かったはずだ。積もった新雪が、雪の変色を「覆い隠した」とも考えられる。

（ま、結局確かめるしかないわけだな。難儀なことだ）

と、心中で愚痴りながら、杖代わりに使っている〝タテ〟を、穴の前の雪に深く突き立てて柵となし、穴を塞いだ。柵——といっても太さ一寸（約三センチ）強の棒一本である。ヒグマが巨体で飛び出して来れば、瞬時に弾き飛ばされ、柵の役目は果たさないとも思われる。ただ、これが意外に有効なのだ。猟師としては、穴から一気に走り出られ、射撃の機会を逸するのが一番に困る。それが細い棒でも一本立てることで、一拍稼げる可能性がでてくるのだ。越冬中のクマは、穴の入口にあるものは、なんでも中に引きずりこもうとする。八郎太のタテは強度抜群のヤチダモの木でできており、なかなか折れない。クマが、邪魔なタテを穴に引きこもうとして手間取っているところを狙い撃てば、勝負は猟師の勝ちだ。

八郎太は腰の山刀《ナガサ》を抜き、白樺の大枝を切り落とした。その大枝をタテの脇から穴に突っ込み、内部をかき回すが——反応はない。

(やっぱり、いないんだ)

半分諦めかけ「最後に」と思い、大枝をさらに奥に突っこんだ瞬間、穴の中からズンと腹に応える獣の唸り声が響いてきた。

(お、いる！)

大枝はそのままにして、穴の上部へと素早く駆け上がった。スナイドル銃の撃鉄を起こし、銃床を下にして雪の中に突き立てた。これならすぐに摑みやすいし、そのまま銃口を相手に向けられる。八郎太はスペンサー銃を横抱きにして、穴を跨ぎ、見おろす位置に陣取った。

（さあ、出て来い。一発で仕留めてやる）

他の猟師の場合以上に、八郎太の穴熊狩りにおいては、一発で仕留めることがより重要であった。穴を飛び出たヒグマに、一気に斜面を駆け下られると、距離が離れ過ぎて、目の悪い八郎太には二の矢が射かけられなくなるからだ。

（待てよ）

ここで、ふと考えた。

（どうせ一発勝負なら。連発銃などは不要だろう。威力抜群で、一撃必殺のスナイドル銃を先鋒として使った方がよくはないかな）

ただ、ヒグマが谷底へ逃げずに、振り向いて反撃してくる可能性もある。そのときのことを考えると、やはり強力な銃を後詰めとしてとっておかないと心細い。

（やはり、先鋒は連発銃だ。逆襲してきた場合でも、もう一発スペンサー弾を撃ち込んでやる。それでも倒れなかったら、最後は強力なスナイドル銃でドカンと……）

一瞬、唸り声が八郎太の雑念を吹き飛ばした。ヒグマが癇癪を起こし、最前の大枝を嚙み折って穴の外に放り出したのだ。その勢いに入口のタテも倒れ、白樺の大枝共々、急斜面を滑落し、ブナの大木の根方に引っかかって止まった。

（危ない、危ない。熊狩り中に余計なこと考えてると、命が幾つあっても足りない。もっと集中して……あれ、この穴？）

八郎太は、穴の入口が「北向き」であることに気付いた。ヒグマは三月下旬から五月にかけて越冬穴を出る。最も早くに出るのが若熊。次に雄熊の大物。子連れの母熊が一番最後だ。雌熊は越冬中に子供を産むので、子熊に少しでも体力がつき、十分に動けるようになってから「危険な下界に連れ出そう」と、母心で考えるのかも知れない。で、その場合の母熊は、あえて冬場に雪が多く積もり、最後まで溶け残る北側に向けて「穴さ掘る」と十蔵から教えられた覚えがある。穴の名称である〝三つ子の熊穴〟も、十蔵が珍しい三匹の当歳児を連れた母熊を獲ったことによっている。

（つまりこの穴の主は雌熊、それも子連れだということだ。こりゃなかなか出てこないぞ）

子に対する母熊の情愛は深く、子を護ろうとするとき、己が体力の限界を超越した精神力でしぶとく反撃してくることがある。つまり、なかなか死なないのだ。十蔵は、心臓に二発命中弾を受けながら、一刻（約二時間）以上も子熊が登った大木の根方に陣取って唸り続け、母の執念におじける猟師を寄せつけなかった雌熊の話をしていた。

八郎太は佐吉を食った巨熊の他にも、猟師となってからの四年間に成獣だけで十一頭のヒグマを獲っている。勿論その中には、雌熊も、親子熊もいたわけだが、幸いにして今まで、逸話に残したいほどの凄まじい反撃を受けたことはなかった。

だから、彼には「子連れの雌熊が怖い」という印象は薄かった。今回も「こいつ、なかなか穴から出てこないぞ」と、危険性よりも非能率性を気にした次第だ。穴熊狩りに遭った母熊は、一旦観念すると、悲愴な決断をくだす。子を穴に残して逃げ、自分だけ生き延びようとするのだ。だが、逃げ出す寸前までは穴の中でしぶとく粘り、簡単には出てこない。

八郎太は空を見上げた。顔を照らす陽光の向きから、陽がほぼ中天にあることを知った。ただ、冬の北海道は七つ（午後四時頃）には暮れる。このまま夜まで待つわけにはいかない。現在九つ（正午頃）だとして、残された時間は、二刻（約四時間）――そこまで粘られたら八郎太の負けだ。

陽が西に傾き始めても、ヒグマは穴から出てこなかった。これが短気な個体だと、時間の経過とともに苛ついて飛び出してくるものだが、今回の相手は、よほど胆力に優れた――或は、情愛深い母熊なのだろう。

（こうしていても埒があかない）

八郎太は穴の中に一発、弾を撃ちこんでみることにした。

雪の中に立てたスナイドル銃を掴み、スペンサー銃と二丁を両腕に抱え、足音を忍ばせ、そろそろと斜面をくだった。穴の正面に立つのは危険だ。やや斜め横からソッと近づく。

首を伸ばし、穴の内部をうかがってみる。ヒグマの姿は見えなかったが、穴の床に敷かれたクマイザサの束がわずかにのぞいていた。すぐに摑めるように、次鋒のスナイドル銃を雪面に突き刺した上、先鋒のスペンサー銃を構え、一発撃ちこんだ。

ド――――ン！

ギャ――――――ッ！

途端に、怒気を孕んだ咆哮が返ってきた。

弾がまぐれ当りしたのかも知れない。ヒグマは唸り続けている。

（これは、出て来る）

スナイドル銃を鷲摑みにし、左右の腕に二丁の小銃を抱え、穴の上方に走り上った。足場を固めると、再びスナイドル銃を雪に突き刺した。やはり穴の入口を股の間から見おろす位置に立つ。スペンサー銃の銃口を入口に向けた。緊張感から膝が震えている――熊猟に気合は必要だが、気負いは不要だ。自らを落ち着かせるために、大きく息を吸い、ゆっくりと吐いた。

（穴の口は狭い。巨熊なら一気に飛び出すことはできない。入口でつかえ、出ようともがくところに、銃口を押し付け、ドンと一発だ。逆に、小柄なら一気に飛び出してくる。前の斜面を転がり落ちるように疾走するはず。ま、そうなりゃ、連発銃の特性を生かし、弾を限りに撃ちまくるだけだ。でも、逃げずに襲いかかってきたらどうする？　まずスペンサー銃は見限って放り出す。遮蔽物《しゃへいぶつ》こそないが、急な斜面の上に俺はいる。スナイドル銃を摑んで、もさもさ登ってくるクマの頭にボクサー弾を撃ちこむんだ。やれる。絶対にやれる！）

方針が決まったことで、少しだけ冷静になれた。

（さあ、来い。出たら一発だ）

ツピー、ツツピー。ツツピー、ツツピー。

──シジュウガラが遠くで鳴いている。

（東の方角だ。小屋の方だな。喜代の奴……）

ふと嫌なことを思い出してしまった。実は昨夜も喜代と口論になったのだ。拗ねて押し黙る女房の仏頂面を思い出すと気分が滅入った。

（別に、俺の方から求めて亭主になったわけではない。十蔵殿が強く薦めるから、ついその気になっただけだ。喜代の方で、俺のことをそんなに気に入らないのなら、いつでも出ていってやる。でも、そうすると喜代は困るだろうな。また江差の女郎屋に舞い戻り……）

悪い癖だ。肝心なときに雑念が湧く。一瞬、クマは猛然と穴から這い出した。かなりの大物だが、一気に飛び出した。雪煙を上げ、斜面を転がるようにして走り下っていく。

「逃がすか！」

八郎太、斜面を数歩駆け下り、逃げるヒグマの尻に向け発砲した。

ダンッ――バズッ。

「くそッ！」

ブナの幹に命中した音だ。レバーを押し下げ、撃鉄を起こす。八郎太の視力ではヒグマの姿はもう見えない。走る気配に向かって撃った。手応えはない。再びレバーを押し下げ、撃鉄を起こした。

「！」

刹那、後方で獣が動く気配が――「しまった！」熊穴に背を向ける形になっている。八郎太は振り返りざまに発砲した。

ドンッ！

至近距離から鉛弾に体を貫かれた子熊は雪面に叩きつけられ、ズルズルと血の跡を引いて斜面を滑り落ち、やがて止まった。

「こ、子熊か！」

オ――――ッ。オ――――ッ。

我が子を呼ぼうとするのか、或は、我が子の死を悼むのか、母熊の咆哮が深い沢筋から湧きあがり、陽が傾いた雪の斜面に長く木魂した。

穴熊を獲った後には、いつも穴に潜りこみ、時間をかけて中を調べた。これは十歳に教えられたやり方である。

「クマの気分さ分かれば、行動も読める。敵の行動が読めれば『百戦するも危うからず』しゃ」

解体を薦めるのも同じ理由であり、十蔵は「獲物を知ること」を八郎太に強く求めた。相手を知れば知るほど猟は確実に、また安全になると、十蔵は幾度も繰り返していた。

母熊を撃ち漏らした今回の穴熊猟は、必ずしも成功とはいえなかったが、律儀な八郎太は師匠の教えを守り、四つん這いになって熊穴へと潜りこんだ。

穴は左程深くはなく、入口から一間半（約二・七メートル）ほど。天井までの高さは半間と少しだが、幅にはゆとりがある。床に笹が厚く敷き詰められており、横になってみると極めて寝心地がよかった。天井から細い草の根が垂れ下がっている他は実に整然としており、古い熊穴をとても丁寧に補修して使っている。逃げた母熊の生真面目な性格、器用さ、ひいては知能の高さが偲ばれた。

枯れた笹の中に、短い爪のついた肉片——爪の長さからみて、恐らく後肢《こうし》の指だろう——が落ちており、真新しい血痕が辺りに付着していた。最前、あてずっぽうに撃った一発が、偶然クマの指の一本を吹き飛ばしたものと思われた。

（まいったな。手負いにしてしまったようだ）

「ヒグマだば人を見れば逃げる。逃げてくれる。だども手負いは人を憎むがらのう。向うから襲ってくる。猟師、百姓、女、子供……見境なししゃ。ヒグマどご半矢にすたら、その猟師が責任もって止めを刺す。これだば古今東西、猟師《またぎ》の掟だァ」

——との十蔵の言葉がよみがえる。

(なんとしてもこのクマは、俺の責任で討ち取らねば……ん？)

ふと、誰かが穴の外に立っているような気がした。この深雪の山中、人であるはずがない。

一旦は逃げた母熊が、舞い戻って来たのだろうか。慌てて穴から這い出たが、母熊の姿はどこにも見当たらなかった。子熊の死体も、頭を谷に向けて斜面の木に引っかかったままだ。明け二歳——生後一年と十カ月ほど——の個体である。

ゾクッと背筋が凍えた。いつものアレだ。誰かに見られている——やはり、ヒグマがいる。

利かぬ目を凝らし、周囲を見回した。見上げる尾根筋には木が生えておらず、一面真っ白な雪面である。そこに一点、黒い塊が確かに見える。岩であろうか——瘦せ尾根に大岩？　不自然であろう。八郎太はスペンサー銃のレバーを押し下げて弾を薬室に送り、撃鉄を起こした。

銃口を向けると、黒い塊は身を翻し、尾根の彼方へと消えた。

(間違いない。母熊が戻ってきていたんだ)

八郎太は気が滅入り、雪の斜面に腰を下ろした。あの居心地のいい静かな穴で、親子は寄り添い、ただ春を待っていただけなのである。そこへ見知らぬ人間が介入、銃弾を撃ちこんで母親の指を吹き飛ばし、子熊を射殺した。

「猟人……ろくな生業《なりわい》じゃないなァ」

と、八郎太は独言し、嘆息を漏らした。最近、クマに限らず、親子連れの獣を獲ったとき、強い自己嫌悪を感じることがある。以前にはなかった感情だ。

生前の十蔵とも、そんな話をした覚えがある。八郎太が、殺生を生業とすることへの躊躇《ためら》いを投げかけると、彼はすべての猟人の祖といわれる万次《まんじ》万三郎《まんざぶろう》の故事を引いた。

「なにせ猟師《またぎ》だば、日光山の権現様がら『殺生を認められた』というでのう」

かつて日光山権現と赤城明神が諍《いさか》いを起こした折、弓の名人である万次万三郎は日光側についた。戦は日光山が勝ち、万三郎は恩賞として日本中の山で狩猟をすることを認められたという。日光は幕臣にとって、神君家康公が眠っておられる聖地だ。幕臣として、かなり古風な思想をもつ八郎太には、幾何《いくばく》かの縁《えにし》を感じさせる逸話であった。

いずれにせよ、猟は八郎太にとって生活の糧である。小屋に帰れば扶養すべき女もいる。猟師を辞めたとして、朝敵のお尋ね者で、目が悪く、世を拗ねたひねくれ者の自分になにができるというのか。この寒い蝦夷地で――今は北海道とか言うらしいが――喜代と二人、乞食でもしながら凍え死ぬのを待つだけだろう。

（ま、深く考えないことだな）

今や自分は「穴熊佐吉」である。腕の良い猟師で、里人にも頼りにされている。熊胆や肉や毛皮を売って懐に入る銭のことだけ考えていればそれでいい。暮らしのためなのだから。

八郎太は立ち上がり、子熊の死体を引きずりあげ、小さな軀《むくろ》の解体に取りかかった。

二

しかし、話はそれで終わらなかったのである。

二歳熊を獲った翌日から天候が崩れ、数日の間は出猟を見合わせた。夜半過ぎまでかなりの降雪があった早朝、表に漬物を取りにいった喜代が、真っ青な顔をして駆け戻って来た。

「ク、ク、クマ……」

「！」

反射的に手を伸ばし、威力の強いスナイドル銃を摑み、実包をこめる。

「い、今はいね。足跡が家の周りに」

「なんだ、足跡か」

ただ、まだその辺に隠れているかも知れない。念のためスペンサー銃にも装塡し、二丁を両手に抱えて表に出た。小屋の周囲には大きなヒグマの足跡が幾つも残されていた。顔を近づけてよく観察すると、足跡の底には、わずかだが新たに積もった雪が認められた。本降りは夜半過ぎには上がったものの、未明にはまた小雪が舞ったのだ。結論として――ヒグマが来て、小屋の周りをうろついたのは、夜半過ぎ以降、未明以前――と八郎太なりに目途を立てた。

残された足跡には特徴があった。右後肢の足跡、第一指が見えない。ま、それだけなら、八郎太が指を吹き飛ばした母熊とは一概に決めつけられないが、この足跡、数歩歩く毎に薄っすらと雪に血を滲ませている。傷がまだ完全には塞がっていないのだろう。雪と擦れて傷が破け、出血しているものと思われた。ほぼ間違いなく、件の母熊だ。

「子熊の仇討ちでもと、考えてるんでねべが？」

喜代が不安そうに呟いた。

「そこまでするかな……クマだぞ？　獣だぞ？」

百歩譲って、目の前で子を射殺された母熊が「狂乱激怒して襲ってくる」のは八郎太も認める。彼が言いたいのは、その怒りは「持続しない」のではないか？　ということだ。

実例として――子熊はよく雄熊に殺される。養育中の母熊は発情しないからだ。母熊の発情を促すために雄は子を殺す。子熊に襲いかかる雄に、母熊は敢然として立ち向かうものだが、抵抗空しく一旦子熊が殺されてしまうと、しばらくは悄然と立ち尽くしているが、やがて発情し、ときには子を殺した雄とつがうのだ。

（それが畜生ってものだ。人間とは違うとこだ……と、思っていたんだがなァ）

今まで、子熊だけを獲り、母熊を獲り逃がした経験は一度もなかった。親子が一緒にいる場合、猟師は「母親から先に撃つ」のが定石だからだ。生き残った母熊が子熊の仇討ちを、後々まで執念深く考え続けることなど本当にあるのだろうか。八郎太には判断がつかなかった。

八郎太は、先日検分した熊穴を思い出してみた。ほどよい広さ。丁寧な造り。整然とした佇まいだった。熊穴は千差万別である。窮屈な狭い穴、広過ぎると寒い。笹や草を敷き詰めた丁寧な造りもあれば、土が剝き出しの手抜き穴もある。要は穴の佇まいに、持ち主の資質・能力が如実にでるのだ。その点、あの母熊の穴は極めて出来がよかった。彼女は確かに知能が高い。彼女なら、子の命を奪われた遺恨を持ち続けることがあるかも知れない。

「母熊が子熊の仇を討とうとして、周囲をうろついている」

そんな噂は、近隣の里人たちの間に、瞬く間に広がった。

十二月。雪は益々深くなり、すでにクマたちは越冬に入っている。それでも雪の中に「指の欠けた足跡」を残し、母熊は里の周囲をうろついていた。危害を加える様子こそなかったが、里の人々はクマの出没それ自体を恐れた。いつしか母熊は、その足跡の特徴から〝指欠け〟と呼ばれるようになった。

「気味の悪いクマだ。今のところ悪さはしねェようだが、なんも山に帰る気はねェらしい。いつ気が変わって、危害を及ぼすか分からねェとこが恐ろしい」

里人たちは、猟師とヒグマのいざこざに巻きこまれることを恐れた。

年が改まっても、指欠けは集落の周辺に居ついて離れなかった。

里人の通報を受け、八郎太も幾度か銃を手に足跡を追ったが、山野にヒグマを追う猟は、穴熊猟とはまったく勝手が違う。目の悪い八郎太には不利な戦いであり、いつも取り逃がし、臍《ほぞ》を嚙むばかりだ。

進退窮まり、喜代に頭を下げてみた。共に猟に出て、亭主の「目の代わりになってくれ」と頼んだのだが、やはり聞き入れてはくれなかった。

「なにも鉄砲を撃てと頼んでいるわけじゃない。辺りを見てくれるだけでいいのだ」

「だども、女が猟場に踏み込むこと自体が禁忌なのでがんす。そもそも山神様だば醜女で……」

「それは何度も聞いたさ。山神様は女嫌いなんだろ？　ただ、今回は事情が事情だろう」

「知《す》らね。バチあだるの怖ェ。十蔵様だば、山神様には絶対に歯向がうな、と」

「……」

取りつく島がない。

幾人かの里人にも依頼したが、誰も子供の仇討ちに燃える母熊を、目の悪い猟師と共に追うのは気が進まない様子だった。

ある日、雪原で指欠けの足跡を追っていた八郎太は、ふと気付いた。

（奴は、糞をしていない）

糞塊が残されていないということは、なにも食っていないということだ。冬山にはクマの食料が殆どない。これが現代ならば、冬籠りをしないエゾシカを襲って食うこともできようが、天敵のオオカミが棲息していた当時は今ほどシカは多くなかったのだ。植物は雪に埋もれ、川魚たちは淵や瀞《とろ》の深みに隠れている。越冬中のクマは、秋の飽食で蓄えた脂肪を消費しながら、穴の中で静かに眠るわけだが、穴から出て原野を歩き回れば話は別で、自然と食事が必要となる。空腹はクマを苛立たせ、よい匂いを漂わせる人里へと誘引するだろう。

（危険だ。まずいな）

と、案じる一方で「待ち伏せを仕掛けられそうだ」と八郎太は思い至った。

イワナ沢で襲ってきたヒグマは、樹上から人間が見おろしているにもかかわらず、腰を据えてマスやイワナをすべて平らげた。あの川魚たちはみな、焚火の炎で炙られ、香ばしい美味そうな匂いを放っていた。クマは案外、生食以上に、焼いた肉や魚を好む獣なのだ。

「指欠けは腹を空かせている。肉か魚を焼いて匂いを森中に振りまいてやる。辛抱たまらず出てきたところを物陰からドン！　一発だ！」

場所は小屋の周りの畑で十分だ。今は一面の雪原と化しており見通しが利く。畑の中で焚火をし、その周囲に干魚を立てておこう。狙撃するのは物置の中からが丁度いい。

畑に出て薪を並べているところへ、喜代が母屋から出てきた。明らかな不満顔だ。

「な、なにをされるおつもりで？」

「魚を焼いて、クマをおびき寄せる。出て来たら物置から撃つ」

「困ります！　なぜ、クマを家に呼び寄せるようなことをなさるのでがんしょか？」

「必ず罠にかかる。奴は腹を空かせてるんだ」

「は、腹ぺこのクマを家に？　絶対に止めてくんなへ！　怖え！　私だば困ります！」

激昂する女房を説得し、大反対をくつがえすだけの根気が今の八郎太にはなかった。さりとて、森の中で一人焚火をし、夜陰に乗じて忍び来る大熊と対決する気にもなれない。

(そうだ……イワナ沢の時のように、木に登ってクマが出るのを待とう)

森の中で焚火をし、干魚を炙る。自分は焚火に近づくクマを木の上から狙えばいい。たとえ一発で倒せず反撃を受けても、樹上から二の矢、三の矢を放てる。これなら安全で確実だ。

八郎太は、干したシロザケ二本とスナイドル銃、スペンサー銃を抱えて家を出た。尾根を二つ越え、かねてより「指欠けが潜んでいるのでは?」と目星をつけていた、針葉樹が多く、冬でも薄暗い沢筋を待ち伏せの舞台に選んだ。

まず、河原の一部を除雪して薪を組んだ。火勢は強くなくていい。とろ火で長く燃える方が都合はいいので、薪は切り出したばかりの生木を使った。焚火から十間(約十八メートル)ほど離れた場所に丁度いいケショウヤナギの大径木が生えている。八郎太は、幹が二股になっている部分に横木を渡し、簡単な足場として上り、夜を待った。

冬場の蝦夷地で、しかも沢筋の夜だ。気温は氷点下を大きく下回る。極寒を覚悟して、かなり厚着をしてきたつもりだったが、じきに手足や顔の感覚が麻痺し始めた。今のところ、クマが近くに来ている気配はない。八郎太は一旦足場から降りることにした。スナイドル銃を構えて辺りを警戒しつつ、焚火に暖を取りに向かう。スペンサー銃は背負っている。炎でしばらく手足を炙ると、なんとか感覚が戻り、人心地がついた。

ザザザザザザ――――ッ!

「うわッ！」

思わず叫んで、音がした方向に銃口を向ける。すぐ側のトドマツの大木に降り積もっていた雪が崩れ落ちただけだ。そのトドマツから冷たい風が吹いて来て、八郎太は身震いした。

夏場、幅が三間（約五・五メートル）近くあった沢の流れは雪に埋もれ、ほんのわずかな水量になっている。せせらぎは殆ど聞こえない。静かな森の夜である。

ググッ。

背後で、かすかな音がした。雪を踏み込む音だ。八郎太、スナイドル銃の撃鉄を起こし、背中のスペンサー銃を降ろした。レバーを操作してから、こちらも撃鉄を上げる。

（よし、これで最低でも二発は撃ちこんでやれるぞ）

ググッ。

機敏に振り返り、音がした方にスナイドル銃を向けた。焚火の明るさが届かぬ範囲はすべて漆黒の闇だ。その闇の中に、なにかが来て、こちらをうかがっている。

（木に戻る間はない……というよりも、俺が木から離れるのを待って出てきやがったのか）

いずれにしても、敵が――多分、指欠けで間違いないだろうが――いる方向は分かっているのだ。たとえ上る間はなくとも、盾として木を前におきたい。周囲を探ると、左六間（約十・九メートル）にヤナギの若木が生えている。目算で、幹が四寸（約十二センチ）。多少頼りないが、どんな巨熊でも一撃で叩き折れる太さではない。もたつけば、その隙に弾を撃ちこめるから、盾として十分に有効だ。

ググッ。

ドムッ！

音がした方に向け、反射的にスナイドル銃を撃った。すぐにスペンサー銃を掴み構える。

動きがない――今のうちにと、スナイドル銃にボクサー実包を装塡し、撃鉄を起こした。

そのまま膠着した。本当は、ヤナギの若木を盾にしたいところなのだが、この空気では動けない。少しでも動けば、必ずヒグマは突っこんでくる。

ボ――――ッ。

「！」

耳元で声がして動転した。ミミズクだ。ミミズクが近くの枝に来て一声鳴いたのだ。

殺気を帯びたヒグマがいるそばで、ミミズクが呑気に鳴くものだろうか？

（そういえば、気配も消えているな）

八郎太は、長く息を吐いた。どうやら危機は去ったらしい。

もう、樹上の足場に戻る気は失せていた。指欠けは、人間の陳腐な罠にかかるようなクマではない。もっと賢く、強《したた》かな個体だ。一方で、今夜の雪の状態なら、ヒグマの体重で歩けば「音がする」ことも分かった。凍傷になる危険を冒して、木に上る必要はない。焚火で暖を取りながら、雪を踏む音が聞こえるか耳を澄ませて待つのが最良の策だ。

「穴熊佐吉に対するは指欠け母熊……こりゃ、名勝負になりそうだ」


八郎太がそう呟いた翌日、事件が起きた。五つ（午後八時頃）を少し廻った頃——

「佐吉さん、クマだ。クマが出た。炭焼きの源兵衛《げんべえ》のとこへいってみてくれ」

と、農耕馬に乗った里人が駆けこんできた。夜ではあったが是非もない。スナイドル銃とスペンサー銃を手に小屋を飛び出した。農耕馬に里人と二人乗り、八郎太の小屋の東方に張り出した尾根の向う側で、沢筋の奥にある杣小屋へと急いだ。

源兵衛の小屋は、沢から斜面を少し上った平地に建っていた。炭焼きの仲間数家族で小規模な集落をつくり、協力しながら暮らしている。

源兵衛によれば、事件が起きたのは六つ（午後六時頃）過ぎで、もう陽は暮れていた。ヒグマは、山側の板壁を破って小屋に侵入、泣き叫ぶ四歳の女児をくわえ、山へ逃げ去ったらしい。

「お、女の子をか……」

先日、指欠けの子供をほぐしたときのことを思い起こした。子熊は、確かに雌であった。

里人がかざす松明の灯りを頼りに八郎太が周辺を調べてみると、足跡は急斜面を直登していた。

「灯りはあるか？」

「明るくなったら、足跡を追ってみる」

集落の全員が集まった源兵衛の小屋で、八郎太はみなを前に今後の手筈を説明した。

「……今すぐ跡を追ってください」

最前から部屋の隅で塞ぎこんでいた女児の母親がボソリと呟いた。

「今ならまだ、あの子は生きてるかも知れないっしょ」

「もう、外は暗いし、俺は目が……」

「すぐ、跡を追ってください。お願いします。追ってください」

母親は八郎太の顔を見ることなく、土間に敷かれた筵を見つめながら呆けたように幾度も繰り返した。集落の人々の目が八郎太を睨んでいた。彼等が謂わんとするところは明白だ。

「お前の責《せめ》だ。母熊は、お前が撃った子熊の仇を討とうと、人間の子供を攫《さら》ったのだ」

十数名の里人の怒りが八郎太の心に響いた。申し訳ないという気持ち以上に、剝き出しの遺恨が恐ろしくなり、八郎太は渋々立ち上がった。先ほど馬で呼びに来てくれた若者を「アンタの身は、俺が命に代えて守るから」と拝み倒し、松明をかざして同道してもらうことにした。

スナイドル銃を構えて斜面を上る。松明をもった若者は決して八郎太より前に出ようとはしなかった。本当はそれでは困るのだが、暗闇の中を追うよりはましである。文句は言わず、黙って雪の斜面を上った。

小屋から一町（約百九メートル）も離れたろうか、背後の松明がピタリと歩みを止めた。

若者は、斜面前方を注視している。目が悪い上に辺りは暗いので、八郎太にはなにも見えない。十間（約十八メートル）より先は無限の闇が広がるのみだ。気配で若者がヒグマを見ていることは察しがついたが、見えないものは撃てない。ヒグマの方から襲ってくるのを待つしかない。せめて障壁を使おうと、傍らのミズナラの大木に身を寄せた。

「松明を雪にさして、アンタはみなのところへ戻れ。走るなよ、ゆっくりだ」

「へ、へい」

若者は八郎太の言葉に従い、静かに斜面を下っていった。

八郎太は、ヒグマの気配と対峙していた。辺りは暗く、敵は斜面の上にいる——条件は最悪だ。身を寄せているミズナラだけが、八郎太の縁《よすが》である。

「おい熊公……お前の仇は俺一人だろ？　無用な殺生をするもんじゃないよ」

反応こそなかったが、斜面上方の闇の中にヒグマが、それも八郎太に子供を殺された母熊が佇み、仇を睨んでいることは間違いなかった。猛獣から漂い出た殺気――或は妖気とでも呼ぶべきものが、八郎太のいる場所まで流れてきて、彼の身を抱え込み、心身を萎えさせた。

ヒグマの姿が見えないのだから、八郎太の方から動くつもりはなかった。ヒグマが襲ってくる気配を感じたら、ミズナラの後ろに身を隠す。大木を障壁として常に彼我の間に置き、隙を見て、頭か首に銃口を押し付けて撃ち、一発で倒すつもりだ。

四半刻（約三十分）近くもそうしていただろうか、いつしかヒグマの気配が消えていることに八郎太は気付いた。松明を雪面から抜き、かざしながら慎重に斜面を上った。

二十間（約三十六メートル）ほど上ったところで夥しい量の血痕を発見した。クマは血液が大好物である。シカやウマを食うときにも、滴り出た血は嘗め尽くすので、現場に血痕はあまり残っていないものだ。今回は雪に血が滲みこみ「血痕として残された」ものと思われる。その傍ら、ミズナラの根元に、目をつむり、口を開けた状態で少女の首が転がっていた。八郎太は亡骸《なきがら》に合掌した後、熊皮で作った皮羽織を脱いで首を包み、源兵衛の小屋へと連れ帰った。

ユーラップ川流域の里人たちが八郎太を非難する声は、彼の耳にも届いていた。

「可哀そうに、子熊を殺したりするからだ。猟師の無慈悲の責で、ワシらが怖い思いをする。まったくもって、傍迷惑なこった」

普段、熊胆や熊肉を分けてもらうとき、クマへの慈悲を口にする里人など一人もいなかったのである。それが、一旦自分たちが被害を被るとなると、急に博愛主義者のようなことを言い出して猟師を貶す。ただ――

「おかしいじゃないか」

――とは、今回ばかりは言えない。里人の恐怖は当然であり、その原因を作ったのが八郎太であることは間違いないのだから。彼は、単独で「指欠け退治」に出猟する決心を固めていた。雪の山野を自由に駆け巡るクマを撃つのは、今までの穴熊猟とは勝手が違う。しかし瓜を食べた巨熊を手負いにした折、十蔵は血を吐きながらも執念で追跡し、止めを刺したのだ。手負い熊をだしてしまった以上、この際、目が悪いことなぞ言い訳にはできない。

三

通常、八郎太の猟場は、小屋から歩いておおむね三里（約十二キロ）以内である。それ以上離れると、仮にヒグマが獲れても、運ぶのに難渋するからだ。解体したヒグマを運んで長距離を幾度も往復するうち、オオカミやキツネやカラスに、肉も内臓もすべて持ち去られてしまう。勿論、他のヒグマも仲間の肉は好物だ。北海道のヒグマ、共食いは左程に珍しいことではない。

十蔵はアイヌ猟師を見習い、山中に幾軒かの猟師小屋を設けていた。行き暮れて、そこに泊まることもまれにはあったが、八郎太の場合、幾夜も連泊することはなかった。イワナ沢で野営したときの恐怖体験が忘れられず、原野の小屋で、独り夜を明かすことは躊躇《ためら》われたのだ。ただ、今回の八郎太は「山に泊まるのが怖い」なぞといえる立場にはなかった。指欠けの足跡を追っていて「陽が暮れたから」と一々帰宅していては、逃げるヒグマにはとても追いつけない。最寄りの猟師小屋に泊まるか、必要ならば山中で野宿をしてでも、指欠けを追いつめなければならない。今度指欠けが里に現れたら〝山泊まり〟の荷物を担ぎ、本気で足跡を追うつもりである。

「なあ、食い物はどれぐらいもっていけばいい？」

囲炉裏端で八郎太は喜代に訊ねた。長期にわたる「山泊まり」——それも雪山での野営を経験したことのない彼には想像もつかなかったのだ。

「よぐ、分がらね」

「分からない、ってことはないだろ」

顔も上げずに答える女房の態度に苛ついた。

「女が猟のこどいうど、山神様が怒っがら」

「じゃ、十蔵殿は、どうしてた？」

「日に白米五合。塩と干魚二本」

（なんだい、分かってるんじゃないか。さっさといえばいいんだ）

心中で愚痴ったが、この場で揉めたくはない。とがめ立てるのは止めておいた。

「米十日分で二貫（約七・五キロ）か……」

「用心のため、少し余分に持っていぐこどだ」

冬山である。雪に降り籠められて、数日動きが取れなくなることはざらであろう。

「やはり、米は鍋で炊くのかい？」

「ふん、そらそうでがんしょ」

と、嘲笑されて癇癪が起きた。

「お前の大嫌いな亭主が危険な猟に出るのだ。帰ってこないかも知れないとはしゃぐ気持ちも分かるが、喜ぶ前に少しは協力したらどうだ？」

喜代、繕い物の手を止め、うつむいてしまった。なにも言い返さないが、体中から不満の炎を立ち昇らせている。八郎太は黙って席を立ち、板戸を開けて表へ出た。今はなにを言っても喧嘩になるだけだ。雪の中を歩いて頭を冷やそう。小屋の裏手へ出た。ユーラップ川が眼下に流れているはず。静かな原野の夜、水音は確かに伝わってくる。

(指欠けが恨んでいるのは俺一人だろ。ならばいっそのこと、この小屋に殴りこんでくればいいんだ。そうすればお互い、わざわざ雪山で追いかけっこなぞしないですむのにな)

ただ、指欠けは決してそうはしてこないだろう。

八郎太に銃があることを知っている指欠けなら、自分が慣れ親しんだ山中に人をおびき出し、己が優位性を確保した上で闘いを挑んでくるはずだ。八郎太が視力に問題を抱えており遠射ができないことをどこまで知っているのか分からないが、指欠けは野生の直感で「山中での戦いが自分に有利」と気付いている——そう八郎太には思えて仕方がなかった。

ユーラップ川が流れゆく先、東の空には赤い月が昇り始めているはずだが、元より八郎太にはよく見えない。一旦小屋に戻り、今夜のうちに〝山籠り〟の支度をすませてしまおう。

翌朝、小雪が舞う中を、源兵衛家から続く足跡を追い始めた。すぐに少女の首が落ちていた現場にさしかかる。すでに血痕が浸みた雪は除かれ、握り飯と榊の葉が供えられていた。八郎太も合掌し、人喰熊を「必ず倒す」と少女の霊魂に誓った。

尾根を三つ越えた沢筋に巨大な糞塊が残されていた。白っぽい糞だ。昨夜女児を食害したさい、骨を一緒に食った証である。

（つまりこの糞は、童女の……な、成れの果てか）

人喰熊に対する怒りと嫌悪の感情が燃え上がり、追跡に気合が入った。しかし、午後になると降雪が激しさを増し、足跡は綺麗に消され、更なる追跡は断念せざるをえなかった。


その後数日、指欠けは鳴りを潜めていた。

八郎太は、早朝から近くの沢筋に仕掛けたイタチ罠を見廻ることにした。

イタチ罠は、径が四寸（約十二センチ）、長さが一尺半（約四十五センチ）ほど。竹で作った〝戻らず〟である。イタチは、己が餌場となる沢筋の、切り株や大岩の上などの小高い、見晴らしの利く場所に糞を残す。同族への示威行動の側面があるらしく、いつも同じ場所に用を足す。で、そこにつけこみ、猟師は残された糞を取り囲むようにして、魚の切り身を入れた罠を数個ずつ仕掛けるのだ。

今回、五カ所に四個ずつ、都合二十個仕掛けたイタチ罠――猟果は二匹であった。おおむねこんなもの。大猟でも不猟でもない。戻らずから、凍りついて棒のようになった小動物の死体を取り出す。イタチに限らず、キツネでもテンでも、肉食動物の肉は総じて不味い。臭くて食えない。雑食のヒグマやタヌキでも、肉食後に獲れた肉は美味くない。イタチを獲るのは毛皮が目当てである。冬は特に品質が良好だ。小屋に戻ったら皮を剝ぎ、板に張りつけて伸ばせば売り物――貴重な現金収入になる。

「お――い、佐吉さん、いなさるかね」

頭上から人の呼ぶ声がする。尾根の上の方だ。

「お――うッ。沢にいる」

と、長閑に答えた。里人はカンジキを器用に滑らせ、斜面を駆け下ってきた。四十代の小柄な農民で、幾度か鹿肉と米とを交換した覚えがある。

「佐吉さん、指欠けが出たぞ」

「場所は？」

「一里（約四キロ）ほど川下の百姓家だ。夜中に家の周りをうろつかれ、鍋叩いて騒いだ。したっけ山に逃げたそうだ」

「確かに指欠けなのか？」

「雪の上に例の足跡が残ってたからね」

「分かった。支度をすませたら、すぐにいく」

「頼みますよ。こんなことは言いたかないが、元はアンタが蒔いた種だ。ちゃんと刈り取ってもらわなきゃ」

「分かってる。必ず仕留めるから」

と、急いでイタチ罠の束を担ぎあげた。


小屋に駆け戻り、荷物を確認しつつ、順番に背負子へと括りつけていった。米が二貫半（約九・四キロ）、ヤマベの焼干が二十尾、塩が二十匁（約七十五グラム）。炊事用の鉄鍋。油紙に包んだガンピと燧金《ひうちがね》と火口《ほぐち》。箸や杓文字《しやもじ》は、山の木を削って作ればいいだろう。薪を造材するノコギリ。枝を払《はら》うナタ。肉を切り、時に武器ともなる山刀《ナガサ》とタテ。シナノキの樹皮繊維を撚《よ》って作った強靭な細引縄。ナナカマド製のカンジキ。銃器はスナイドル銃とスペンサー銃、それぞれの実包を二十発ずつもった。最後に腰に小刀のみを帯びてようやく準備完了、喜代に向き直った。

「じゃ、いってくる」

「あんの……」

「ん？」

「前に、帰ってこね方がいいんだろって仰ってたけんど、私だば、そげなふうには思ってね。御無事に帰ってきてくだへえ」

しばらくの間、無言で見つめ合った。

「もし俺が戻らなかったら、札幌の開拓使に兄上を訪ねろ。お前は弟の女房だ。決して悪くはしないはずだ」

「……御武運を」

と、座り直した喜代が、筵の床に額をこすりつけた。

「いってくる」

ガラと板戸を開け、凍える戸外へと飛び出した。

四

半刻かけてユーラップの川岸を歩き、昨夜ヒグマが現れたという農家を訪ねた。夫婦に舅姑《きゆうこ》、子供が六人、使用人の夫婦が一組で計十二人の大家族である。子供といっても長男次男は十八と十七だ。大人八人で盛大に鍋を叩いて騒いだので、さすがの指欠けも押し入るのを躊躇《ためら》ったのだろう。家の周囲には「入るか、入るまいか」と悩んで歩き回る、後肢の指が欠けた大きなヒグマの足跡が沢山残されていた。

「雌熊の足跡だば内股でのう。これは、人と同じじゃ」

かつて十蔵は、ヒグマの足跡における性差をそのような言葉で伝えた。現在、八郎太が見つめている足跡も、確かに前肢の跡が「ハの字、ハの字」とついている。かなりの内股だ。

当主一人が説明に出てきた他は、家族全員が押し黙ったまま、家の中から八郎太を睨みつけている。すべてを八郎太の責とし、恨んでいる様子だ。八郎太としては居たたまれない。

「クマがでたのはなん刻頃《どき》だ？」

「多分、明け六つ（午前六時頃）前で……まだ真っ暗だったから」

足跡は、収穫を終え今はなにも残っていないトウモロコシ畑を突っ切り、ミズナラの森へと消えていた。今は四つ（午前十時頃）少し前だ。二刻（約四時間）前につけられた足跡なら、なんとか追えるかも知れない。八郎太は農家の主人に案内の礼を述べた後、慎重に指欠けの足跡を尾行《つ》け始めた。

ミズナラに、トドマツやエゾマツが混じり、冬の落葉広葉樹の森にしては若干暗い。足跡は森の中を突っ切っており、雪の上に這いつくばってよく調べると、わずかに爪の跡がついていた。ヒグマは猫のように爪を引っこめることはできないが、普段は上方にあげたまま歩くから、足跡に爪の跡は残らない。爪を利かせて歩いているのは、ヒグマが猟師の追跡を意識しており、かなり緊張、警戒している証といえた。クマが本気で逃げるつもりなら、人間の足ではとうてい追いつけないが、八郎太も追跡を止めるわけにはいかない。

（指欠けは逃げない。そもそも、指欠けの目的は復讐で、その仇とは他でもないこの俺

だ。俺が行けば、奴は必ず姿を現す）

追跡者が八郎太であることを知れば、指欠けは、ただ「猟師を振り切り、山奥に逃げ込んでそれでよし」とは考えないはずだ。むしろ、これを好機と逆襲し、本懐を遂げようとするに決まっている。

（つまり、俺自身が囮ってわけか……ま、精々気をつけることだ）

八郎太は小尾根を二つ越え、ブナの林の急斜面を斜面に沿って歩いていた。ここは、冬も葉を残すマツやモミがない分、かなり明るく、見通しも利く。少しだけ緊張がほぐれた。

ふと、八郎太はでかける間際の喜代の言葉が思い出された。

「御無事に帰ってきてくだへえ」

あの女は確かにそう言った。その真意を八郎太はまだ測りかねている。形の上だけの夫婦とはいえ、亭主を見送る女房の「常套句」として言っただけなのか、それとも、なんらかの心境の変化があったのか——

「？」

尾行《つ》けていたヒグマの足跡が急に途絶えた。周囲はブナの疎林。そこここにボサが点在する雪の斜面である。途絶えた位置から前には、足跡はまったくついていない。まっさらの雪原だ。

（まさか〝止め足〟？）

狡猾なヒグマは猟師の尾行に気付くと、一旦停まり、数十歩も己が足跡を踏んで後戻りするという。戻った所で脇へ大きく跳び、ボサなどに身を潜める。足跡を目で追うのに必死で、ヒグマの存在に気付かずに通り過ぎる猟師を背後から襲うのだ。

（だとしたら、まずいな）

前を向いたまま、タテを雪面に突き刺した。背中のスペンサー銃を前に回し、レバーを下げて実包を薬室に送り、撃鉄を起こした。振り返りざまの発砲となるかも知れない。そうなれば一撃必殺が絶対条件だ。汗が背筋に沿って流れ落ちた。

（俺の左後方が山側、右後方が谷側だ。クマが身を隠すなら山側……つまり、左から来る）

襲うヒグマは、必ずといっていいほど、斜面の上から斜面下に向けて攻撃しようとする。

（左後方だ。確かにボサがあった。あのボサだ。振り向いたと同時に銃口を向けるんだ）

しかし、近距離にヒグマがうずくまり、爪を研いでいるかと思えば、恐怖で体が硬直し、足が動かない。このまま遮蔽物もなにもない雪の斜面で立ち止まっているのは危険だ。

「えいッ」

と、気合を声にこめ、無理矢理に右足を一歩前に踏み出し、その反動で体を半転させ銃口を突き出した。やはりボサがある。思っていたより浅いボサだ。

「さあ、来いッ」

――雪の斜面。風の音もしない。静寂だ。近くの梢でカケスが「シャー」と鳴いた――なにも起こらない。なにも動かない。

（奴は？　指欠けはどこだ？）

谷側は見通しがよく、ヒグマが身を隠せるようなボサや大木はまったくない。

（やっぱり、隠れているとすれば、あのボサしかない）

銃を構えたまま、ボサのところまでゆっくりと進んだ。

ヒグマは隠れていなかったが、彼女が「隠れていた痕跡」は色濃く残されていた。ほぼ畳一枚分の雪が窪地のように溶け、大きな獣がうずくまっていた事実を告げていた。

ボサの背後から足跡が再開されており、斜面を小尾根に向かい上っている。

（やはり止め足だったんだ。ここに隠れて俺を待ち伏せしようとしたが、ボサがあまりに小さいので、不安になって止めたんだろう。確かに、これじゃあ丸見えだァ）

陽は、やや西に傾きつつあるが、まだ大丈夫だ。追える。ボサ裏から小尾根へと上っている足跡をたどってみることにした。斜面にしゃがみ、顔を近づけて足跡を詳しく検分する。

指欠けの足跡であることは間違いない。後肢の指に欠損がある。足跡の輪郭が、雪の縁が殆ど溶けておらず、切り落としたように尖っている。ここは陽当りのいい南斜面だ。半刻（約一時間）以上経てば、雪の縁は溶け、もっと丸みを帯びてくるはず。足跡の底には風で飛ばされた雪片も落葉のようなものも一切落ちていない。総じて、今し方につけられた真新しい足跡だと判断した。指欠けはすぐ側にいる。

（どうせ俺は、遠射はできないんだ。穴熊狩り以外でヒグマと勝負するなら、むしろ、向うから近づいてきてもらわなければならん。どうせなら刺し違える気持ちで、相手の胸に銃口を押し付けて撃つんだ。俺には、それしかないのだから）

と、小尾根に向かって斜面を登りながら八郎太は考えた。なんとも危うい生き様を続けているものだと自分でも呆れ果てる。こんなに目が悪いのだから、ヒグマ猟なぞと欲張らずに、魚や小動物専門の、己が身の丈に合った猟師になるべきだったかも知れない。

尾根の稜線には、北からの風にあおられ、手前側に雪庇《せっぴ》がせりだしていた。ヒグマの足跡をたどった先、延々と横に連なる雪庇の一カ所が、歯が抜けたように欠落している。ヒグマが雪庇の一部を突き破り、稜線の向う側——北側へと抜けた痕跡だ。

尾根にたどり着いた八郎太は、雪庇の欠落部の隙間から、北斜面の様子をうかがった。そうっと首を伸ばしてみる。

「うッ」

稜線のすぐ向う側の下り斜面、雪の中にうずくまるヒグマと目があった。距離は三間(約五・五メートル)ほど。息がかかるほどに近い。指欠けと正面から顔を見合わせるのは初めてのことだ。大きな丸い耳。褐色の顔。胸元には白い模様――本州のツキノワグマにある〝月の輪〟だ。ヒグマにもまれに、月の輪をもつ個体がいる。

オ―――――ッ!

ヒグマは大きく吼え、雪を巻き上げながら猛然と駆け上がってきた。銃を構える暇すらない。咄嗟に体を回転させ、雪庇の陰に隠れた。

ドサッ!

その雪庇が八郎太の頭上で崩れた。ヒグマと雪塊が一緒になって降ってくる。その圧力で抱えていたスペンサー銃が乱暴に腕からもぎ取られた。思わず引金を引いてしまう。

ドド―――――ン!

雪の山中に銃声が長く木魂した。崩れた雪庇、勢い余ったヒグマ、スペンサー銃の三者がもんどりうって、急峻な南斜面を転がり落ちていく。

背負っていたスナイドル銃を素早く降ろし、実包をこめ、転がり落ちていくヒグマに向けて構えたが――もう、指欠けは八郎太の視界の外に逃げ去っていた。

「……」

力が抜け、雪の中にへたりこんだ。

（あれが、指欠けかァ。意外に、いい面してたな）

ヒグマ猟師となって四年、八郎太はヒグマにも様々な人相が――正確には、熊相なのだろうが――あることに気付いていた。短気で気の荒いヒグマは、三角の凶悪な目をしているものだし、穏やかなヒグマには、丸くふくよかな顔つきの個体が多い。指欠けは、明らかに後者で、山道で人と鉢合わせても、先に道を譲って繁みに姿を消す気質に思えた。とても人間の子を殺して食害したり、鉄砲を恐れず猟師に反撃してくる凶暴なヒグマには見えなかった。

穴から這い出したときの後頭部、逃げ去る背中、足跡――そして今回は顔を正面から見た。まるで判じ物のように、指欠けの姿が少しずつ露わになっていく。最後に全体像が現れ、八郎太の前に立ち上がったとき――そこにあるのは勝利か？　はたまた死か？

カチッ。

撃鉄は作動したが、新たにこめ直した弾は発射されなかった。スペンサー銃はやはり壊れていた。実包の雷管を叩く撃針が折れたようだ。尾根から滑落し、ブナの幹に激しく衝突して止まった――その時に折れたのだろう。撃針が折れるのはよくある故障である。修理すればまだまだ使えるのだが、少なくとも今回の闘いにスペンサー銃は使えない。スナイドル銃一丁だけが頼みの綱だ。

指欠けが駆け下っていった斜面の痕跡を、スナイドル銃を構えて慎重にたどった。ブナ林の急斜面の下は広々とした原野になっており、一面に雪が積もっている。ヒグマの足跡は雪原の中央部には踏み出さず、原野の縁を、周囲の林との端境《はざかい》を廻りこむようにして西へと続いていた。

風向きを確かめた後、雪上に這いつくばい、指欠けの足跡を読んだ。ふと、八郎太の視界に、なにやら動くモノが映った。見通しの良い雪原の彼方から、八郎太を目指し近づいてくる。かなり大きい。キツネやタヌキではない。

(シカか?　クマか?)

――どんどん迫ってきた。

八郎太、スナイドル銃の薬室に実包が装塡されていることを確認し、撃鉄を起こした。この山奥で、鉄砲を構える猟師に堂々と向かってくる大型生物といえば――件の指欠けであるか否かは別にして――それはヒグマだとしか考えられない。

スペンサー銃は故障中なのだ。後詰めの銃はない。タテの先端に、山刀《ナガサ》の柄を挿し込み、槍とした。その槍を、いつでも使えるよう雪面に突き立て、スナイドル銃を構えた。

距離三十間(約五十五メートル)――まだ塊にしか見えない。陽は傾き、雪面が茜に色づいてきている。視力の弱い八郎太には、さらに条件が悪い。

「よぐ狙えねがったら、塊の真ん中さ狙って撃で」

十蔵の言葉に従い、ボンヤリと映る黒い影の真ん中に照準を合わせた。この距離ではスナイドル銃への再装塡は間に合わない。一発勝負になる。もしこの一発で倒せなかったら、後は槍をとって、武士らしく闘おう。力及ばず、ヒグマに殺されることになっても、直参旗本の最期としてはなかなかのものだ。あの世で佐吉に再会することがあっても、胸を張って報告することができる。距離二十五間（約四十六メートル）、まだよくは見えないが、十分射程に入っている。八郎太は息を止め、少しずつ引金に力をこめていく。一撃必殺を祈ったそのとき――

「撃たねで！　私だよ！」

女の鋭い叫び声が雪原に響いた。

「！」

間一髪で銃口を上空へ向けた。喜代だ。女房を撃つところだった。

「こ、声を出せ、バカ！　知ってるだろ、俺は見えないんだ！　殺すところだったぞ！」

八郎太が駆け寄ると、喜代は雪の中に座りこみ、肩で大きく息をしていた。西日を受けた頰がリンゴのように赤く染まっている。女はゆっくりと顔をあげ、亭主を見つめた。体全体から湯気が立ち昇っている。

「……こ、こっちで銃声がすださげ、は、は、走って来たでがんす」

と、喜代は息を切らせながら、ようやく伝えた。山中での銃声に仰天し、息もつかずにここまで走り通して来たのだ。それで声を出すのが遅れた。

「こんなとこまで、なにしに来た」

「だて、亭主どご放っておがいねもの」

弱視の亭主が雪山で「凶状持ちのヒグマ」を追跡するのを放ってもおけず、八郎太の足跡を追ってきたのであった。彼の「目の代わり」を務めようと——

感情が昂ぶり、思わず雪にひざまずいて喜代の体を乱暴に抱き締めた。憎まれ口はきいても、やはり心強かった。なまじ状況が不首尾続きなだけに、涙が出そうに嬉しかった。

「でも、いいのか？　女が猟場に入って」

猟を司る山神様は女性であり、同性が山に踏み込むことを酷く嫌い「猟師に災いを与える」と十蔵も喜代も、堅く信じている。

「それがね……」

喜代は悪戯っぽく微笑み、説明を始めた。

本日は、新暦で明治六年の十二月十日である。これを去年の暮れまで使われていた旧暦に直すと十月二十一日である。

「十月だば神無月《かんなづき》ていうがら」

十月、日本中に棲む八百万《やおよろず》の神々は、すべて出雲国《いずものくに》へでかけ、地元は留守となる——

だから「神がいない月」で神無月。

「そちば、山神様も『今は山にいね』と思うたでがんす」

「なるほど……そ、その通りだな」

思わず顔を見合わせ、二人で同時に噴きだした。

陽が陰って以降の追跡は危険過ぎる。ヒグマの襲撃も怖いが、滑落も心配だ。本来なら風を防ぐ針葉樹の森にでも入り、簡易な小屋を建て、火を焚いて、早々に露営の準備をするべきところだ。ただ、なにせ十二月の北海道である。野宿には、凍傷や凍死の危険が付きまとう。最善の策は、最寄りの狩猟小屋まで歩き、そこに泊まることだろうが――そろそろ陽が沈むから夜道を進むことになる。野宿にするか、狩猟小屋まで後退するか。八郎太は判断に迫られた。

「そもそも、ここだばどご？」

「……………」

八郎太は返答に詰まった。追跡を始めた当初こそ、越した尾根、渡った沢の数や地形を覚えるようにしていたのだが、足跡を追うのに必死となるうち、いつしかその作業を怠っていた。まさに「鹿追い山を見ず」である。

「そうだ。お前も足跡をたどってきたんだろ。トドマツが沢を跨いで倒れ、橋みたいになっている場所を渡らなかったか？」

「うん、渡っだ」

「あそこまで戻ろう。あの沢を五町（約五百四十六メートル）くだれば十蔵殿の狩猟小屋がある」

「だども、トドマツのとこまでだば、どうやって戻るの？」

「足跡を逆にたどるさ」

「あ、そか」

ヒグマの足跡の上に八郎太と喜代のそれが重なり、雪原に深く刻まれていた。辺りが暗くなっても足跡を見失う心配はなかった。喜代の「目」が周囲を警戒してくれたし、山や沢の配置も情報として伝えてくれたから地形を読み違えることもなかった。さらに、喜代は十蔵の士筒（十匁筒）と弾丸、火薬、火胴などの一式を持ってきており、スペンサー銃を壊し、スナイドル銃一丁が頼りの八郎太を大いに喜ばせた。

「火縄銃を貸せ、俺が持つよ」

十蔵の士筒は、重量が二貫半（約九・四キロ）もある。いつまでも小柄な喜代に背負わせておくわけにはいかない。八郎太の肩に七貫（約二十六キロ）の背負子の他に、三丁の銃の重さが食いこむ。八郎太は、喘ぎながら雪の中を進んだが、心の中は晴れ晴れとしていた。喜代の存在をかくも有難く感じたことは今までなかったし、彼女が大変な思いをして雪山の奥までやってきてくれたことに深く感謝していた。

五

二人が十蔵の狩猟小屋――沢から少し登った斜面中腹に立っている――にたどり着いたのは、夜もだいぶ更けてからのことであった。小屋に入る前、周囲に獣の痕跡がないか、外壁に侵入された跡はないか、をよく確認した。十蔵の話によれば、久しぶりで訪れた狩猟小屋の中に、大量のヒグマの糞が残されていたこともあったらしい。山は獣たちの領域だ。油断はそのまま死に直結している。

三坪ほどの所謂〝拝み小屋〟は、造りこそ粗末であったが、土間に切られた炉で火を焚くと、狭い室内は大分暖かくなった。森の中で野宿するより百倍も快適だ。疲れ果て、食欲はなかったが、凍りついたヤマベの焼干と喜代が持参した握り飯とを焚火で炙り、多目に塩をつけて喉に押しこんだ。雪や汗で濡れた衣類を乾燥させるために天井から吊るすと、後はやることもない。焚火を間に挟んで二人横になり、小屋に沢山積んであった筵をかぶった。

「よく眠れよ。薪は俺がくべるから」

「うん」

月も凍えるほどの静かな夜であった。焚火の炎に照らされた喜代の赤い顔が、八郎太をじっと見つめている。その瞳がわずかに揺れているようにも感じた。

バチッ。

焚火の中で薪が爆ぜた。

「なあ」

「ん?」

「そっち、いってもいいか?」

「……うん」

名目上の夫婦になって三年——この夜、二人は初めて本物の夫婦となった。

ことが済み、幾重にも重ねた筵の中、裸で抱き合ったまま囁きを交わした。

「私だば、ほんとは初めで会だときがら『こうなりて』と思でいだのかもすれね」

「俺たちは、つまり似た者夫婦だってことだよ。お前は恩人である十蔵殿に、俺は戦友である佐吉に、それぞれ義理立てでし、自分本来の思いを覆い隠して生きてきたんだ」

「あの人、それどご見抜いでいだがら『まず一ぺん、軽い気分で抱がれでみろ』って……私、情げなぐで泣いたんだァ」

(そりゃ、泣くだろう。ま、俺も「腰掛けで猟を始めろ」って口説かれたからなァ)

心情が表出されたものが行為であろう。しかし、行為によって形成される心情も——

或は行為によって初めて気付かされる心情もまたあるはずだ。

「まず一ぺん、軽い気分で抱がれでみろ」

――生々し過ぎる言葉の語感は兎も角として、現実至上主義者の鏑木十蔵らしい秀逸な発言だと八郎太は納得した。

「あの人、アンダに抱がれだ後に、私が満ち足りでいるようなら、墓の下で自分が喜んでいる証だって」

「で、どうだった？」

「わ、分かるべさ！」

と、唇を強く押し付けてきた。

夜半、寒さに目が覚めた。焚火の炎がいつしか熾《お》きになっている。亭主の腕枕で安心して眠る女房を起こさぬよう、ゆっくりと腕をずらして身を起こした。女の頭の重みで左腕が大層痺れている――五年以上忘れていた感覚だ。八郎太は苦笑しつつ、炉に顔を寄せ熾きに息を吹きかけると、にわかに火勢が強まった。新しい薪をくべてから、そっと表へ出た。

月明かりの下で用を足す。よほど冷えこんでいるのだろう、もうもうと湯気が立ちのぼった。

「？」

ふと傍らの雪面に目がいく。小便がピタリと止まった。ヒグマの足跡だ。見回せば、狩猟小屋の周囲に点々とついている。背筋がゾッと凍えた。

(落ち着け。慌ててはいけない。ゆっくり動くんだ)

無理をして悠然と小屋に戻り、筵戸を降ろすと同時に、速足になった。まずはスナイドル銃に実包を装塡する。作業をする指がわずかに震える。なぜ前もって装塡しておかなかったのだろうと悔やむ。やっと撃鉄を起こした。これでひと安心。少なくとも一発は撃てる。

「どすたの?」

喜代が目を覚まし、寝床から身を起こした。

「ヒグマの足跡がある。この小屋の様子をうかがってるんだ」

「ゆ、指欠け?」

「さあな……なにしろヒグマだ。まずは鉄砲を準備しなきゃ」

表の気配をうかがいながら、士筒に十匁弾と黒色火薬を装塡、槊杖《さくじょう》で慎重に突き固めた。口薬を注いだ後に火蓋を閉め、焚火から火縄に火をもらい、火鋏に挟みこんだ。今回は、指は震えていない。これで二弾目も準備完了。

「表は山風だ。沢の下流に向かい吹いている。ヒグマが風上からくることはまずない。それを頭に入れて耳を澄ませ。雪を踏む音、小枝を擦る音を聞くんだ」

小屋には窓がなく、表を見て警戒することはできない。耳で敵の接近を知るしかない。

そのままなにも起きずに四半刻（約三十分）が経った。

「もう、いねんでねの？　ヒグマ」

喜代が小声で囁いた。

「や、いる。上手く言えないが、殺気を感じる。ヒグマは近くにいる。猟師の勘だ」

ググゥッ。

「！」

明らかに、深い雪を踏みしめる重い音だ。喜代が西の方を指さし、亭主の目を見て小さく頷いた。八郎太も同意見だ。西側から何物かが小屋を狙っている。

その後、音はせず、しばらく静寂が続いた。

ヒグマが突っこんできた場合、拝み小屋の強度は大丈夫だろうか。完全なる防壁とはならなくとも、一瞬でいいから、ヒグマの侵入を食い止めて欲しい。その間一髪で、銃口を急所に押し付けて撃てるからだ。

気になって小屋の内部を見回した。

拝み小屋は、両掌を合わせた三角にも見える切妻屋根の粗末な小屋だ。縦横に組んだエンジュの若木を蔓で縛り、構造としている。壁と屋根はガンピ葺きだ。ガンピに強度は期待できないものの、エンジュは堅く、極めて強靭な木だ。如何なヒグマでも「素通り」のようなことにはなるまい。せめて一発、撃ちこむ機会はあるだろう。

スナイドル銃の実包を三発、喜代に手渡した。

「撃ったら、鉄砲をお前に渡すから、弾をこめろ。できるな？」

「……うん」

と、喜代は堅い表情で頷いた。

ほんの一刻前まで、男の腕の中で喜悦の声を漏らしていた。その同じ女とは思えぬ、厳しい顔だ。恐れ萎縮している印象はない。箱根の陣地や木古内の塹壕で見てきた兵《つわもの》たちの戦う顔——意志、勇気、信頼——八郎太にとっては懐かしく頼もしい同志の顔だ。前の戦いで、八郎太は彼等を護ることができなかった。一人また一人と死んでいくのをただ黙って見ているだけだった。でも今度こそ、たった一人残った目の前の同志を護ってみせる。

指欠けは敵として十分に強大だが、近距離から撃って急所に当てれば、一発で即倒させられないことはない。否、必ず即倒させてみせる。同志には——喜代には、指《つめ》一本触れさせせない。

ググッ。ググ、ググッ。

雪が鳴った。

（くる！）

傍ら、喜代が唾を飲み下す音がはっきりと聞こえた。

ドンッ。

ヒグマの体当りにエンジュの骨組みはよく耐えたが、小屋の片側が一尺（約三十センチ）近くも跳ね上がってしまった。その隙間からは、月の光に青白く光る雪面と、毛むくじゃらの太い脚が二本垣間見えた。ヒグマは立ち上がり、屋根に圧し掛かっている。強靭な爪がガンピを破り、太い腕が挿し込まれた。

「ここか！」

挿し込まれた腕の角度から、胸の中央部と思しき辺りを狙って、ガンピ越しに発砲した。

ド――――ン！

閃光と煙で薄暗い小屋の中が真っ白になる。ヒグマの怒号が轟《とどろ》き、浮きあがっていた拝み小屋はガタンとうめいて元の位置に戻った。スナイドル銃を喜代に渡し、士筒を摑んで構える。小屋の強度は十分だ。また来たら、もう一発ぶちこんでやる。

「はい！」

もう作業を終えた喜代が、鉄砲を差し出した。火縄銃を置き、差し出されたスナイドル銃を摑む。しかし、あまりに速い。銃弾の装塡が速過ぎる。喜代には申し訳ないが確認した。実包がちゃんと装塡され、撃鉄が起こされている。さすがは我が同志、仕事が確実で速い。冷静でいる証だ。実に心強い。二人で見交わし、ニッと微笑みあった。

静寂のうちに、そのまま時が流れた。

八郎太は筵戸をはね上げ、スナイドル銃を構えたまま表へ出た。あの一発で「ヒグマは逝っているのでは？」との淡い期待もあったが、ヒグマは足跡を残して立ち去っていた。

雪あかりの中、その足跡に混じって、なにかが雪を黒々と染めている。八郎太はしゃがんで雪をすくい口に含んでみた。カナ臭い味――確かに血痕だ。ガンピ越しに撃った一発が命中したことは分かっていたが、実際に大量の血が流れているのを見ると、やはり心強かった。

（追うか……や、夜が明けてからでいい）

小屋に戻り、明日の激闘に備えて今少し眠ろうとしたが、元より気が立って眠れない。喜代ともども起きだして、肩を寄せ合い、炉で燃える薪の炎を見つめながら朝を待った。

翌朝早く、喜代と二人で小屋を出た。

朝日の中で見ると、足跡はやはり指欠けのものであった。血痕は点々と続いていたが、ヒグマは休むこともなく、かなりの速足で西の奥山――ユーラップ山塊を目指している。どうやら致命傷ではなかったらしい。

昨夜までの指欠けは「逃げているようで、逃げておらず」常に反撃の機会を狙っていたわけだが、今は傷を負い、今度は本気で「逃げている」ように感じられた。ここは一旦、八郎太の手の届かない奥山に逃げ込み、傷を癒してから、また改めて復讐戦を挑む——そう方針を変えたようにも思われた。

（となれば、とてもじゃないが、女連れの俺には追いつけないか……や、そうとも限らないぞ、なにせこの出血だ）

血は続いている。弾は急所を外れていたのだろうが、歩き続ければ血は止まらない。血が流れ続けると体は辛くなる。必ず休みをとるはずだ。その間に、彼我の間合いを詰めればいい。

（それより、歩くのが辛くなると、待ち伏せして「一気に片を付けよう」ということにもなりかねない。奴には「止め足」の知恵がある。これは、用心しないと）

「な、喜代、少し先の方を見ながら歩いてくれないか。もし、急に足跡が途絶えてるようなら、ヒグマは近くで見てる。小声で報せろ」

「うん」

止め足を使う様子はなかったが、指欠けは時折休みを入れるようになった。ボサの陰などには、丸く雪が溶けた痕が残されている。しばらくうずくまって休んだ跡だ。

（追いつける。絶対に追いつける）

自分を鼓舞しながら、先を急いだ。

昼近くになると雲が湧き始めた。

「あ、雪……」

吹く風には、小雪が混じっている。これがもし本格的な降雪となり、積もれば、指欠けの足跡も血痕も消えるだろう。追跡はできなくなるのだ。勝負をつけるなら今の内、一刻も早く追いつかねばならない。

「今、なん刻《どき》ぐらいだろうか？　大体でいい」

「しェば、九つ（正午頃）、少し前」

喜代は、小雪の舞う薄暗い空を見上げながら答えた。曇天でも、明るさや雲の濃淡を読むことで太陽の位置は大概分かる。

（雪が積もり始めるのは夜になってからだろう。七つ（午後四時頃）に暮れるとしても、その後半刻ぐらいはなんとか追える。二刻半（約五時間）の内だ。その間に追いつめ、勝負を決める）

足跡は、正面にそびえる高い峰へと向かっていた。山に上る？　重傷を負ったクマが？　あり得ない。山麓を巻くつもりだろう。

では、左山麓に行くか？　右山麓に向かうか？

「見えないのか？」

「うん、わがらね」

　雪に景色が霞んでいるのだ。

「風は左から吹いてるな？　先の方もそうか？」

「だがら、先の方は見えねて……」

「まあ、待てよ」

　八郎太は少し苛立ち、喜代の言葉を遮った。ここで癇癪はいけない。現在の喜代は同志であり、「八郎太の目」なのだから。声を和らげ、穏やかに説明した。

「いいか、木の梢のそよぎ具合とか、雪の舞う方向で見当をつけてみてくれ」

「……」

　女は、しばらく目を凝らしていた。

「しェば、左がら右」

「ユーラップ岳、太櫓岳は見えるか」

「ここがらは見えね。でも多分、左の奥の方だと思う」

　喜代が、風の吹いてくる方角を指さした。

「獣だば風上に向かて歩ぐものしゃ。自分が進む先の臭いどご取れるがらな」

　獣の逃走路を予測するときの、十蔵の教えが頭をよぎる。

　指欠けが逃げ込もうとしているのはユーラップ山塊とみて間違いない。で、そちらから風が吹いてくるとなれば、彼女にとって二重の意味で左方向に進路をとりたくなるはずだ。

(指欠けは必ず、前の高峰の左山麓を巻くはずだ)

ヒグマの進む方向は見切った。ここで一旦は足跡から離れても〝先回り〟をすることだ。このまま足跡をたどっても、日のあるうちに追いつくことは難しい。

有難いことに、地形の掌握は十蔵が最も厳しく八郎太に求めた点だ。

「お主だば、目がよぐねんだがら、目ェつむっても山さ歩げるようにすどげ」

小屋から三里(約十二キロ)ほど、この辺りまでなら、沢と尾根と峰の位置関係は頭にすべて入っている。

八郎太は慎重にヒグマの進路——先の先を予想した。

(指欠けは、前の高峰の左山麓を進む。その先は……険しい尾根筋が南北に連なっている。尾根がクマの行く手を遮っている格好だ。強引にそのまま直登して尾根を越すか?いやいや、あの血の流れ具合からしたら、直登はしない)

なにしろ、彼女が目指すユーラップ山塊は、その尾根の向う側なのだ。

(尾根には、必ず越えやすい〝のっこし〟があるものだ。もし俺がクマなら、そこを探すだろうな……)

のっこし——険しい尾根筋で、一部だけ凹んで鞍部となっている場所をさす。

（風が同じ方向から吹いているとすれば、尾根に行く手を遮られたクマはやはり左に向かうはずだ。尾根の麓を「のっこしを目指して」進むだろう。俺が、今ここで足跡から離れ、左方向に真っ直ぐ行けば近道になる。距離を縮められる。上手くすればクマの前に出られる）

即決し、大きく左へ進路をとった。初めて足跡から目を離すわけで、不安はあったが「ここは博打をうつべき」と腹をくった。

最短距離を進むべく、左の小峰に登る。左程高くはない。頂上から喜代に遠見をさせた。

「あるよ。足跡が見える。向う側、斜面《ヒラ》の下だァ」

クマの足跡は、谷を隔てた高峰の麓、雪原に点々と続いているらしい。予想通りだ。指欠けは左山麓を進んでいた。クマなりに、風を読んでの選択だろう。だとすれば、その後のクマの選択も八郎太には読めるはずだ。

「喜代、走るぞ！」

八郎太は、二丁の銃とタテを掴み、ヒグマの前に出るべく、小峰を駆け下り始めた。

六

八郎太と喜代は、尾根の麓を流れる小沢を見おろしていた。ブナの大木の陰に身を隠し、雪の斜面にうずくまっている。ブナの疎林の緩斜面――夏の間、林床は笹に覆われているのだろうが、今は雪に押し倒されており、見通しは利く。沢まで八間（約十五メートル）足らず。巨大な獣が通れば、八郎太の視力でも撃ち損じることはない。

八郎太、スナイドル銃と士筒を束ねて横抱きにし、かじかむ両手に息を吹きかけ続けている。恐らく、あの狡猾な〝指欠け〟を撃てる機会は、ほんの一瞬「あるか、ないか」だと思われた。ここ一番の大勝負のとき、指先が凍えていては戦にならない。

すでに山刀《ナガサ》を装着したタテは、傍らの雪に突き刺してある。確実に撃てる弾は、わずか二発だ。最悪の場合、この槍でヒグマに立ち向かうことになる。

「ね？」

ブナの幹の陰から、右手の下流部をうかがいつつ、喜代が小声で訊ねた。

「なして、クマがここ通るで分がるの？」

「沢の中を歩けば、足跡が残らない。それに深い雪をこぐより、歩きやすいだろう」

件のヒグマはかなりの深手を負っている。少しでも歩きやすい場所、進みやすい経路を選択するはずなのだ。

「上流側へ二町（約二百十八メートル）も行けば、沢は行き止《かっち》まりになる。崖の右を巻けば、尾根の鞍部――のっこしを楽に抜けられるんだ。その向う側はもうユーラップ山塊さ。尾根を越えられたら万事休す。俺には手が出せない。奴の勝ちだ」

どうしても山奥に――ユーラップ山塊に逃げ込みたい指欠けなら、深い銃傷に苦しむヒグマなら――必ずここを通るはず、と読みに読んだ。

対岸の尾根から吹き下ろし、真っ直ぐ顔に吹きつける雪は煩《うるさ》かったが、この風向きなら、右手から沢を遡行してくるヒグマに、人の匂いを嗅ぎつけられる心配はまずなかった。

この斜面は、八郎太が五年間の猟師生活で得た知識を総合し、結論付けた「ここしかない」と断言できるほどの好位置なのだ。

十蔵の言葉を思い出し、雪がかからぬよう、二丁の銃に布をかぶせた。

士筒の火鋏には、火縄をまだ挟んでいない。火縄は一度火がつくとなかなか消えないものだが、雪の中で行動する場合などは多少の配慮が必要だ。で、あらかじめ着火した火縄を胴火と呼ばれる入れ物にいれ、腰帯に挟んで携行している。獲物がでたら、すぐにも火縄に火を移して火鋏に取りつけられる工夫だ。

右手沢筋を警戒していた喜代が、肘で八郎太を突いた。

「ん？」

「二町（約二百十八メートル）右、木の間、チラチラ黒いものが見える。でがい」

やっと聞き取れるほどの小声で囁いた。

「ヒグマか？」

そう訊ねながら、八郎太は音をたてないようにスナイドル銃の薬室の蓋を開き、ボクサー実包が装填されていることを確認した。蓋を閉じ、撃鉄をカチリと音がするまで、ゆっくりと起こす。

「わがんね。だども、今も動いでる。こっちさ来る」

ここは、喜代の視力に頼るしかない。

土筒の火皿に口薬をわずかに盛って火蓋を閉じ、火鋏を起こした。腰の胴火から取り出した火のついた火縄を、火鋏に慎重に取りつける。

雪の中を大きな獣が移動する気配が伝わった。相変わらず風は沢から八郎太のいる斜面に吹きあがってきている。ヒグマに匂いを嗅ぎつけられる心配はない。

「き、来だ。ヒグマだよ」

「ここを動くな」

と、喜代に囁いた後、息を潜め、慎重にブナの大木の後ろに回り込んだ。

銃弾一発で倒せなかった場合、必ずヒグマは銃口からの火柱、硝煙を目がけて突っこんでくる。銃撃する場所は喜代から離れていなければならない――だが、今動いたら指欠けに気付かれてしまう。

(撃ってから動こう。大声をあげて走れば、クマの目は俺の方に向かうだろう)

指欠けは注文通り、八郎太の目前に現れた。吹きつける雪を避けるように頭を下げ、ゆっくりと小沢の中を歩いている。半開きになった口元から、白い湯気がもやもやと立ち昇るのがよく見えた。

スナイドル銃をゆっくり構えた。

ヒグマは八郎太のすぐ目の前で歩みを止めた。鼻を高く上げ、しきりに辺りの臭いを嗅いでいる。明らかに警戒しているのだ。風向きは変わっていない。匂いを取られたとは考えにくい。大方、八郎太の発する殺気が、辺りに漂い出しているのだろう。ヒグマに限らず、シカでもオオカミでも、野獣の第六感は鋭い。猟をしていて、幾度も驚かされたことだ。

一瞬、ヒグマは方向を換えて沢から向う岸へと上り、あえて急峻な斜面を上り始めた。対岸は、険しい尾根の陰になるので積雪が少ない。ネマガリダケの群生が雪に埋もれることなく繁っており、中を進むヒグマの姿を半ば隠してしまった。ヒグマの気配だけがどんどん斜面を上り、八郎太から遠ざかっていく。

(ま、まずい!)

笹の群生を抜け、視界の利く場所に出てくるのを待つわけにはいかない。距離が離れ過ぎ、八郎太の視力では狙えなくなるからだ。八郎太は焦った。猶予はない。亭主の焦燥が喜代にも伝わったのだろう、八郎太の肩を摑んだ。

「う、撃たねば」

「駄目だ。笹で見えない」

やおら、喜代が立ち上がり、大きく叫んだ。

「こら――――ッ！　クマ公！」

指矢けは山中で聞く人語に驚き、ヒョイと後ろ足で立ち上がった。笹の上に胸から上が出て、八郎太と喜代の方をうかがう。ヒグマの胸が開け、八郎太に向かって正対した。胸の中央、鮮やかな月の輪がよく見える。

（うまいッ）

八郎太は、月の輪を狙って慎重に照準、静かに引金を引いた。

ド――――ン！

弾が命中した証に、ヒグマの黒い毛が宙に舞うのが見えた。沢筋に木魂する銃声が消えぬ前に、八郎太はスナイドル銃を放り投げ、士筒を摑んで斜面を駆けおり始めていた。

「や――――ッ」

駆けながら絶叫した。クマの注意を、喜代が隠れるブナから引き剝がさなければならない。

　確実に弾は、胸のど真ん中に入っている。或は即倒しているかも——いやいや駄目だ。十蔵の教えはそうじゃない。初弾では「倒れていない」との前提で「止めを刺すべき」と幾度も教えられてきたはずだ。初弾を撃った後は、銃口を、ヒグマの頭なり、首なりに押し付けて止めを刺す——そこまでが一連の動作。これぞ十蔵流。走りながら、火鋏に挿した火縄に息を吹きかけてみた。火縄の先が赤く燃え上がる——火縄は大丈夫だ。確実に撃てる。

　沢を隔てた対岸の斜面、ネマガリダケの繁みが揺れ、巨大な黒い塊が飛び出して来た。やはり指欠けは生きていた。

　八郎太は、径二尺（約六十一センチ）ほどのブナの幹を盾にして身構えた。

　ドンッ。

　指欠けが幹に抱きついた音が伝わる。人とヒグマは、一本の大木を間に置いて対峙した。

　ガ——————ッ！

　ヒグマは吼えて、幹の右から顔を出した。大きな顔だ。小さな目が怒り狂っている。二寸（約六センチ）近くある四本の黄色い牙。赤い口——否、口が赤いのは粘膜の色ばかりではない——大量に喀血している。下顎が血だらけだ。八郎太の銃弾が肺を貫いたのだ。

士筒の銃口を顔の真ん中に向ける。引金に力を入れ始めた刹那、ヒグマの顔がヒョイとブナの陰に隠れた。

（弾は胸の真ん中に当たってるんだ。いずれは死ぬだろう。ただ、死ぬ前に、どうしても俺を道連れにしようとしてやがる）

ガ――――ッ！

今度は幹の左から出た。

「そうはいくか！」

怒鳴りながら火縄銃を向ける。顔はまた引っこんだ。

（弾は一発だ。即倒させられなきゃ俺も殺《や》られる）

ヒグマは幹から少し離れ、八郎太の右から回り込むようにして襲いかかってきた。

「撃とうか」と一瞬迷ったが「迷ったら撃つな」が十蔵の教えである。八郎太は、幹にへばりついたまま左へと廻った。深手のためか、指欠け、意外に小回りが利かない。口から血を噴きながらブナの周囲を右に左にと追いまわすが、八郎太もくるくるとよく逃げる。しばし、クマの足が止まった。人とクマは、またブナの幹を挟んで対峙した。状況が膠着する。

「アンダッ！　クマ、へだりこんでる」

どこからか喜代の声がした。彼女の存在をすっかり忘れていた。

「木に上ってろ。奴はもう木には上れない。長くないんだ。なにがあっても、クマが死ぬまで降りてくるな」

それでいいのだ。たとえ八郎太が殺られても、喜代は生きて家に帰るべきだ。

ヒグマの辛そうな息遣いが伝わってきた。時折咳きこんでいる。血が気道を塞ぐのだろう。

(このままでいい。このまま時が経てば、俺に分がある。血が流れて奴は弱る一方だ)

ドドッ。

ブナの向うでヒグマが動いた。右から来る。左へ回り込もうとした目の端に、斜面の上にタテを構えて立つ人影がぼんやりと映った。

(喜代？　木に上ってないのか！)

ヒグマは八郎太に脇目もふらず、真っ直ぐ喜代に突っこんでいく。

「木の後ろだ！　木の幹を盾にしろッ！」

と、叫びながらヒグマの後を追って駆けだした。

クマは雪を蹴立てて斜面を駆け上った。口や鼻から血が噴き出し、雪を朱に染めていく。

「喜代ッ！」

間一髪で、喜代はブナの巨木の陰に隠れた。指欠けは、喜代が隠れたブナに抱きつき、もどかしげに幹を二度、前肢で叩いた。

——指欠けは、ここまでだった。

クマの背後に、士筒を構えた八郎太が立つ。狙点は後頭部。頸椎の付け根と思しき辺り。クマの体の構造は熟知している。距離三間（約五・五メートル）の押し付け撃ちだ。外すことはない。

「……………」

観念したのか、ヒグマはブナの幹を両腕で抱いたまま振り向きもしない。

指欠けに対して、恨みなどはなかった。食害された女児の仇討ちとの気負いも薄くなっている。むしろ、賢く、強く、情愛深い彼女に畏敬の念さえ感じていた。でも、今の八郎太は猟師である。己が失敗で人喰熊をだしてしまったからには、けじめをつけねばならない。

「往生しろッ」

ド————————ン！

四匁（約十五グラム）分の黒色火薬の爆轟により撃ちだされた十匁（約三十八グラム）分の鉛が、ヒグマの後頭部を粉砕した。

「おっぎいね。おっがね」

雪の上に横たわるヒグマを間近に見て、喜代が呟いた。

でも、八郎太には、その体が意外に小さく見えた。戦っているときには、恐ろし気に見えた牙や歯も、よく見れば随分とすり減っており、指欠けがかなりの老態であることを示していた。追跡の過程で示した彼女の狡知は、長い経験から身に備わったものだ。

高揚感などはなかった。これまでクマを倒すたびに感じてきた気分とは明らかに違う。

「どうして木に上らなかったんだ」

「ンだども、無理でがんしょ」

喜代が不満気に呟いて、周囲の木々を指した。

ここのブナ林を見回して合点がいった。雪が少ない土地のせいか、幹が曲がらず、真っ直ぐに伸びている。枝分かれするのは二間（約三・六メートル）近くの高所からだ。これでは、手掛りが高過ぎて八郎太でも上れない。

「ンだべ？」

と、喜代が笑った。

「ンだな」

今やもう、ヒグマ猟に対する情熱は完全に薄れていた。

（大きなヒグマを倒すことで〝生〟や〝漢〟を実感している部分が、俺には確かにあっでも、今は違う。死線を共に越えた同志がいる。喜代が傍にいてくれる。

（潮時だ。山を下りよう。開拓使庁に、もう一度兄上を訪ねてみよう）

小屋の裏手に並んで立つ、十蔵と佐吉の墓がチラと脳裏をよぎった。

「……」

自分一人が扉を開け放ち、喜代を連れ、新しい世界に――明治という時代に、巣だっていってよいのだろうか。それは、墓の下に眠る十蔵や佐吉、伊庭八郎たちを、過去に置き去りにする裏切り行為に他ならないのではないか。

うつむいて、足元に横たわる指欠けの亡骸をしばし見つめた。

いつしか雪は止み、ブナ林の中に夕日が薄く射し始めている。

「や、大丈夫だろう」

つい、声に出てしまった。

「え、なに？」

喜代が、亭主の顔をのぞきこみ微笑んだ。その美しい顔が急にぼやけ始めた。輪郭が滲んでよく見えない。また視力が落ちたのだろうか。

――本当に大丈夫だ。佐吉は、きっと分かってくれる。

参考文献

◉ハンティング
柳田佳久『ライフル・ハンター』第三書館／柳田佳久『アフリカ・サハリ大陸』大陸書房／柳田佳久『熊と猟師』大陸書房／今野保『羆吼ゆる山』朔風社／藤原長太郎『熊撃ち一代』狩猟界社／西村武重『ヒグマとの戦い』山と溪谷社／高田英彦『羆との闘い』新生社／八条志馬『北のヒグマ狩り』未來社／姉崎等『クマにあったらどうするか』木楽舎／久保俊治『羆撃ち』小学館／吉村昭『羆』新潮社

◉猟師
武藤鉄城『秋田マタギ聞書』慶友社／工藤隆雄『マタギに学ぶ登山技術』山と溪谷社／工藤隆雄『マタギ奇談』山と溪谷社／田中康弘『マタギ』エイ出版社／矢口高雄『マタギ列伝』中公文庫／岡本健太郎『山賊ダイアリー』講談社／トム・ブラウン・Jr.『トラッカー』徳間書店／甲斐崎圭『第十四世マタギ松橋時幸一代記』ヤマケイ文庫

◉動物（ヒグマ）の生態
G・F・ブロムレイ『ヒグマとツキノワグマ』北苑社／北大ヒグマ研究グループ『エゾヒグマ』汐文社／S・ヘレロ『ベア・アタックス（1）（2）』北大図書刊行会／米田一彦『ツキノワグマのいる森へ』アドスリー／米田一彦『四季・クマの住む森』中央法規／米田一彦『山でクマに会う方法』山と溪谷社／米田一彦『クマ追い犬タロ』小峰書店／栗栖浩司『熊と向き合う』創森社／木村盛武『ヒグマそこが知りたい』共同文化社／木村盛武『野生の事件簿』北海道新聞社／木村盛武『慟哭の谷』文春文庫／門崎允昭『野生動物調査痕跡学図鑑』北海道出版企画センター／門崎允昭・犬飼哲夫『ヒグマ』北海道新聞社／熊谷達也『ウエンカムイの爪』集英社文庫／渡辺弘之『アニマル・トラッキング』山と溪谷社／増田俊也『シャトゥーン　ヒグマの森』宝島社

◉溪流釣り
菅原光二『溪流の樹木図鑑』つり人社／湯川豊『イワナの夏』ちくま文庫／今西錦司『イワナとヤマメ』平凡社／芳賀故城『溪流つり人』東京書店／山崎義郎『北海道の山猟・川漁』街と暮らし社／今野保『秘境釣行記』中公文庫／下田香津矢『ヤ

マメ・イワナ釣り完全マニュアル・渓流釣り』成美堂出版

◉歴史

小川恭一『江戸の旗本事典』講談社文庫／鈴木理生『江戸・東京の地理と地名』日本実業出版社／歴史の謎を探る会『江戸の武士の朝から晩まで』河出書房新社／河合敦（監修）『図解江戸の暮らし事典』学研／飯田泰之・春日太一『エドノミクス』扶桑社／榎本洋介『開拓使と北海道』北海道出版企画センター／門松秀樹『開拓使と幕臣』慶應義塾大学出版会／安藤優一郎『幕臣たちの明治維新』講談社現代新書

本書は二〇一七年六月、小社より単行本として刊行された
『維新の羆撃ち』を改題・修正のうえ文庫化したものです。

羆撃《くまう》ちのサムライ

二〇二一年 七 月一〇日 初版印刷
二〇二一年 七 月二〇日 初版発行

著　者　井《い》原《はら》忠政《ただまさ》
発行者　小野寺優
発行所　株式会社河出書房新社
〒一五一―〇〇五一
東京都渋谷区千駄ヶ谷二―三二―二
電話〇三―三四〇四―八六一一（編集）
〇三―三四〇四―一二〇一（営業）
https://www.kawade.co.jp/

ロゴ・表紙デザイン　粟津潔
本文フォーマット　佐々木暁
本文組版　KAWADE DTP WORKS
印刷・製本　中央精版印刷株式会社

Printed in Japan ISBN978-4-309-41825-4

井伊の赤備え

細谷正充〔編〕　41510-9

柴田錬三郎、山本周五郎、山田風太郎、滝口康彦、徳永真一郎、浅田次郎、東郷隆の七氏による、井伊家にまつわる傑作歴史・時代小説アンソロジー。

信玄軍記

松本清張　40862-0

海ノ口城攻めで初陣を飾った信玄は、父信虎を追放し、諏訪頼重を滅ぼし、甲斐を平定する。村上義清との抗争、宿命の敵上杉謙信との川中島の決戦……。「風林火山」の旗の下、中原を目指した英雄を活写する。

完全版　本能寺の変　431年目の真実

明智憲三郎　41629-8

意図的に曲げられてきた本能寺の変の真実を、明智光秀の末裔が科学的手法で解き明かすベストセラー決定版。信長自らの計画が千載一遇のチャンスとなる⁉　隠されてきた壮絶な駆け引きのすべてに迫る！

真田幸村　英雄の実像

山村竜也　41365-5

徳川家康を苦しめ「日本一の兵（つわもの）」と称えられた真田幸村。恩顧ある豊臣家のために立ち上がり、知略を駆使して戦い、義を貫き散った英雄の実像を、多くの史料から丹念に検証しその魅力に迫る。

現代語訳 義経記

高木卓〔訳〕　40727-2

源義経の生涯を描いた室町時代の軍記物語を、独文学者にして芥川賞を辞退した作家・高木卓の名訳で読む。武人の義経ではなく、落武者として平泉で落命する判官説話が軸になった特異な作品。

異聞浪人記

滝口康彦　41768-4

命をかけて忠誠を誓っても最後は組織の犠牲となってしまう武士たちの悲哀を描いた士道小説傑作集。二度映画化されどちらもカンヌ映画祭に出品された表題作や「拝領妻始末」など代表作収録。解説＝白石一文

戦国廃城紀行

澤宮優　41692-2

関ヶ原などで敗れた敗軍の将にも、名将はあり名城を築いた。三成の佐和山城から光秀の坂本城まで、十二将十三城の歴史探索行。図版多数で送る廃城ブームの仕掛け人の決定版。

花闇

皆川博子　41496-6

絶世の美貌と才気を兼ね備え、頽廃美で人気を博した稀代の女形、三代目澤村田之助。脱疽で四肢を失いながらも、近代化する劇界で江戸歌舞伎最後の花を咲かせた役者の芸と生涯を描く代表作、待望の復刊。

みだら英泉

皆川博子　41520-8

文化文政期、美人画や枕絵で一世を風靡した絵師・渓斎英泉。彼が描いた婀娜で自堕落で哀しい女の影には三人の妹の存在があった――。爛熟の江戸を舞台に絡み合う絵師の業と妹たちの情念。幻の傑作、甦る。

怪異な話

志村有弘〔編〕　41342-6

「宿直草」「奇談雑史」「桃山人夜話」など、江戸期の珍しい文献から、怪談、奇談、不思議譚を収集、現代語に訳してお届けする。掛け値なしの、こわいはなし集。

江戸の都市伝説　怪談奇談集

志村有弘〔編〕　41015-9

あ、あのこわい話はこれだったのか、という発見に満ちた、江戸の不思議な都市伝説を収集した決定版。ハーンの題材になった「茶碗の中の顔」、各地に分布する飴買い女の幽霊、「池袋の女」など。

家光は、なぜ「鎖国」をしたのか

山本博文　41539-0

東アジア情勢、貿易摩擦、宗教問題、特異な為政者――徳川家光政権時に「鎖国」に至った道筋は、現在の状況によく似ている。世界的にも「内向き」傾向の今、その歴史の流れをつかむ。

伊能忠敬 日本を測量した男

童門冬二 41277-1

緯度一度の正確な長さを知りたい。55歳、すでに家督を譲った隠居後に、奥州・蝦夷地への測量の旅に向かう。艱難辛苦にも屈せず、初めて日本の正確な地図を作成した晩熟の男の生涯を描く歴史小説。

吉田松陰

古川薫 41320-4

2015年NHK大河ドラマは「花燃ゆ」。その主人公・文の兄が、維新の革命家吉田松陰。彼女が慕った実践の人、「至誠の詩人」の魂を描き尽くす傑作小説。

吉原という異界

塩見鮮一郎 41410-2

不夜城「吉原」遊廓の成立・変遷・実態をつぶさに研究した、画期的な書。非人頭の屋敷の横、江戸の片隅に囲われたアジールの歴史と民俗。徳川幕府の裏面史。著者の代表傑作。

江戸の牢屋

中嶋繁雄 41720-2

江戸時代の牢屋敷の実態をつぶさに綴る。囚獄以下、牢の同心、老名主以下の囚人組織、刑罰、脱獄、流刑、解き放ち、かね次第のツル、甦生施設の人足寄場などなど、牢屋敷に関する情報満載。

弾左衛門とその時代

塩見鮮一郎 40887-3

幕藩体制下、関八州の被差別民の頭領として君臨し、下級刑吏による治安維持、死牛馬処理の運営を担った弾左衛門とその制度を解説。被差別身分から脱したが、職業特権も失った維新期の十三代弾左衛門を詳説。

弾左衛門の謎

塩見鮮一郎 40922-1

江戸のエタ頭・浅草弾左衛門は、もと鎌倉稲村ヶ崎の由井家から出た。その故地を探ったり、歌舞伎の意休は弾左衛門をモデルにしていることをつきとめたり、様々な弾左衛門の謎に挑むフィールド調査の書。

江戸の非人頭　車善七

塩見鮮一郎　40896-5

徳川幕府の江戸では、浅草地区の非人は、弾左衛門配下の非人頭・車善七が、彼らに乞食や紙屑拾い、牢屋人足をさせて管理した。善七の居住地の謎、非人寄場、弾左衛門との確執、解放令以後の実態を探る。

貧民に墜ちた武士　乞胸という辻芸人

塩見鮮一郎　41239-9

徳川時代初期、戦国時代が終わって多くの武士が失職、辻芸人になった彼らは独自な被差別階級に墜ちた。その知られざる経緯と実態を初めて考察した画期的な書。

差別の近現代史

塩見鮮一郎　41761-5

人が人を差別するのはなぜか。どうしてこの現代にもなくならないのか。近代以降、欧米列強の支配を強く受けた、幕末以降の日本を中心に、50余のＱ＆Ａ方式でわかりやすく考えなおす。

赤穂義士 忠臣蔵の真相

三田村鳶魚　41053-1

美談が多いが、赤穂事件の実態はほんとのところどういうものだったのか、伝承、資料を綿密に調査分析し、義士たちの実像や、事件の顚末、庶民感情の事際を鮮やかに解き明かす。鳶魚翁の傑作。

幕末の動乱

松本清張　40983-2

徳川吉宗の幕政改革の失敗に始まる、幕末へ向かって激動する時代の構造変動の流れを深く探る書き下ろし、初めての文庫。清張生誕百年記念企画、坂本龍馬登場前夜を活写。

新選組全隊士徹底ガイド　424人のプロフィール

前田政紀　40708-1

新選組にはどんな人がいたのか。大幹部、十人の組長、監察、勘定方、伍長、そして判明するすべての平隊士まで、動乱の時代、王城の都の治安維持につとめた彼らの素顔を追う。隊士たちの生き方・死に方。

坊っちゃん忍者幕末見聞録

奥泉光　41525-3

あの「坊っちゃん」が幕末に?!　霞流忍術を修行中の松吉は、攘夷思想にかぶれた幼なじみの悪友・寅太郎に巻き込まれ京への旅に。そして龍馬や新撰組ら志士たちと出会い……歴史ファンタジー小説の傑作。

辺境を歩いた人々

宮本常一　41619-9

江戸後期から戦前まで、辺境を民俗調査した、民俗学の先駆者とも言える四人の先達の仕事と生涯。千島、蝦夷地から沖縄、先島諸島まで。近藤富蔵、菅江真澄、松浦武四郎、笹森儀助。

安政三天狗

山本周五郎　41643-4

時は幕末。ある長州藩士は師・吉田松陰の密命を帯びて陸奥に旅発った。当地での尊皇攘夷運動を組織する中で、また別の重要な目的が！　時代伝奇長篇、初の文庫化。

秘文鞍馬経

山本周五郎　41636-6

信玄の秘宝を求めて、武田の遺臣、家康配下、さらにもう一組が三つ巴の抗争を展開する道中物長篇。作者の出身地・甲州物の傑作。作者の理想像が活躍する初文庫化。

妖櫻記　上

皆川博子　41554-3

時は室町。嘉吉の乱を発端に、南朝皇統の少年、赤松家の姫、活傀儡に異形ら、死者生者が入り乱れ織り成す傑作長篇伝奇小説、復活！

妖櫻記　下

皆川博子　41555-0

阿麻丸と桜姫は京に近江に流転し、玉琴の遺児清玄は桜姫の髑髏を求める中、後南朝の二人の宮と玉璽をめぐって吉野に火の手が上がる……！　応仁の乱前夜を舞台に当代きっての語り手が紡ぐ一大伝奇、完結篇

笊ノ目万兵衛門外へ

山田風太郎　縄田一男〔編〕　41757-8

「十年に一度の傑作」と縄田一男氏が絶賛する壮絶な表題作をはじめ、「明智太閤」、「姫君何処におらすか」、「南無殺生三万人」など全く古びることがない、名作だけを選んだ驚嘆の大傑作選！

柳生十兵衛死す　上

山田風太郎　41762-2

天下無敵の剣豪・柳生十兵衛が斬殺された！　一体誰が彼を殺し得たのか？　江戸慶安と室町を舞台に二人の柳生十兵衛の活躍と最期を描く、幽玄にして驚天動地の一大伝奇。山田風太郎傑作選・室町篇第一弾！

柳生十兵衛死す　下

山田風太郎　41763-9

能の秘曲「世阿弥」にのって時空を越え、二人の柳生十兵衛は後水尾法皇と足利義満の陰謀に立ち向かう！『魔界転生』『柳生忍法帖』に続く十兵衛三部作の最終作、そして山田風太郎最後の長篇、ここに完結！

婆沙羅／室町少年倶楽部

山田風太郎　41770-7

百鬼夜行の南北朝動乱を婆沙羅に生き抜いた佐々木道誉、数奇な運命を辿ったクジ引き将軍義教、奇々怪々に変貌を遂げる将軍義政と花の御所に集う面々。鬼才・風太郎が描く、綺羅と狂気の室町伝奇集。

現代語訳 南総里見八犬伝　上

曲亭馬琴　白井喬二〔現代語訳〕　40709-8

わが国の伝奇小説中の「白眉」と称される江戸読本の代表作を、やはり伝奇小説家として名高い白井喬二が最も読みやすい名訳で忠実に再現した名著。長大な原文でしか入手できない名作を読める上下巻。

現代語訳 南総里見八犬伝　下

曲亭馬琴　白井喬二〔現代語訳〕　40710-4

全九集九十八巻、百六冊に及び、二十八年をかけて完成された日本文学史上稀に見る長篇にして、わが国最大の伝奇小説を、白井喬二が雄渾華麗な和漢混淆の原文を生かしつつ分かりやすくまとめた名抄訳。